A. GISAIDE

JALOUX APRÈS LA MORT

ÉTUDE DRAMATIQUE

El major monstruo los zelos.
(CALDERON.)

PARIS

LIBRAIRIE SANDOZ ET FISCHBACHER

33, RUE DE SEINE, 33

JALOUX APRÈS LA MORT

PARIS. — IMPRIMERIE DE E. MARTINET, RUE MIGNON, 2.

A. GISAIDE

JALOUX APRÈS LA MORT

...UDE DRAMATIQUE

El major móustruo los zelos.
(CALDERON.)

PARIS

LIBRAIRIE SANDOZ et FISCHBACHER

33, RUE DE SEINE, 33

1877

©

A MON MAITRE

EUGÈNE MANUEL

L'EMYR ALMANZOR.

DON ALVAR DE MENDOÇA.

TUZANI.

BEN-SAÏD.

DON LOPE.

DON SANCHÉZ.

MULEY.

LE GEOLIER.

UN PAGE.

UN SOLDAT

MÉRYEM.

LIBYA.

ESTRELLA.

CHEVALIERS ET SOLDATS. DAMES MORESQUES.

Royaume de Grenade. XVᵉ siècle.

JALOUX APRÈS LA MORT

ACTE PREMIER

L'HOROSCOPE

Almérie, palais d'été de l'emyr ; terrasse et jardins sur la mer. A droite, un pavillon ; à gauche, les gradins d'un parterre descendant vers la ville. Dans le fond
un escalier dont la balustrade se détache sur le ciel. Au premier plan, des ar-
bustes, des fleurs, un banc sous les arbres.

———

SCÈNE PREMIÈRE

LIBYA est seule, adossée à la balustrade et tournée vers la mer.
Elle chante sur la guitare.

LIBYA.

Vagues qui renvoyez à nos pieds le flot pur
    De la côte berbère,
Vous qui ceignez l'Espagne en un ruban d'azur
    Comme un enfant sa mère ;

Brises qui ravissez aux antiques déserts
    Leurs brûlantes haleines
Et jetez, en passant, vos parfums dans les airs
    Dont s'embaument nos plaines ;

Vastes cieux, mers sans fond, conspirez avec nous,
Retenez vos orages ;
Compatissez aux cris des femmes à genoux
Pleurant sur les rivages...

Entre Estrella avec des servantes portant des coussins et des tapis. Elle s'avance derrière Libya qui ne la voit point.

ESTRELLA.

O brune Libya, d'où prenez-vous ces airs
De sibylle inspirée exorcisant les mers?
Évoquez-vous ici quelque démon de l'onde?

LIBYA.

Plus rose que l'aurore au réveil, vous, la blonde
Estrelle, à quelle fête apprêtez-vous ces fleurs
Moins fraîches dans vos mains que vos fraîches couleurs?

ESTRELLA.

Ce n'est point une fête, ô sombre prophétesse :
Ces fleurs et ces coussins sont pour notre maîtresse;
Elle veut aujourd'hui goûter sur ce balcon,
Avec l'Emyr, l'air frais du matin. Trouvez bon
Que je ne veuille pas leur offrir au passage
Le spectacle attristant d'un maussade visage.

LIBYA.

Sur ce riant visage on a vite effacé

La trace de vos pleurs..... Quel temps s'est donc passé
Depuis ce jour, Estrelle, où je vous vis moi-même,
A cette même place, émue et le teint blême,
De larmes plein les yeux, dans un dernier regard
De votre chevalier saluer le départ?
Ce souvenir est-il si loin, qu'il ne vous sèvre
De rose sur la joue ou de rire à la lèvre?

ESTRELLA.

Tout beau! quelle chaleur!... Mais, la belle, il paraît
Qu'au même cavalier vous preniez intérêt?
Peut-être, si ce jour on vous eût observée,
Qu'émue autant qu'une autre on vous aurait trouvée?

LIBYA.

Et de quel droit, Estrelle, imputer cet affront
Au pur et noble sang qui colore mon front?
Celles de qui j'en tiens l'héroïque héritage
Enfermaient dans leur sein un plus mâle courage,
Et d'un éclat plus fier étincelaient leurs yeux,
Quand elles saluaient, avec des cris joyeux,
Nos tribus de l'Hedjaz se mettant en campagne;
Celles-là, leurs amants nous ont donné l'Espagne,
Les vôtres la perdront!

ESTRELLA.

Je ne vous entends pas,
Ou c'est trop présumer de nos faibles appas,
Que d'en faire à ce point nos chevaliers esclaves.

LIBYA.

Au piége de l'amour succombent les plus braves;
C'est par les Dalilas que les rois sont trahis.

ESTRELLA.

Il n'est de Dalilas que dans votre pays.

LIBYA.

Celle pour qui Rodrigue a perdu la bataille
Était une Espagnole, — et j'ai peur qu'il nous faille,
Pour une autre Espagnole et pour de moins beaux yeux,
Reperdre ce qu'alors ont gagné nos aïeux.

ESTRELLA.

Savez-vous qu'à l'Emyr remonte cet outrage?

LIBYA.

C'est vous qui, le nommant, l'outragez davantage.

ESTRELLA.

Brisons-là. Le vrai juge entre nous est absent.

LIBYA, à demi-voix.

Reviendra-t-il?

ESTRELLA, qui a regardé du côté du pavillon.

L'Emyr!... Venez donc à présent.

LIBYA, fredonnant.

Tournez les yeux, ò roi Rodrigue,
Sur votre Espagne qui se meurt :
Pour qui donc, de son sang prodigue,
Avez-vous versé le meilleur?
Un instant d'amoureuse ardeur... (1).

ÊSTRELLA, revenant pour entraîner Libya.

De grâce, taisez-vous !

Toutes deux sortent par les jardins.

SCÈNE II

ALMANZOR, conduisant MÉRYEM par la main.

ALMANZOR.

Venez, belle obstinée :
Cette place à mes vœux fut toujours fortunée.
La première faveur acquise à mon amour,

(1) Voir la note 1 à la fin du volume.

C'est là, — vous souvient-il? sous ces arbres, — qu'un jour
De vos yeux sur les miens, tremblant de les surprendre,
Il vous plut abaisser l'éclat timide et tendre!
Là, que de fois encor, lorsque mon cœur épris
D'une douce promesse eut emporté le prix,
N'ai-je pas sous ces bois promené mon doux rêve;
Et seul, au bruit confus de la mer sur la grève,
Fuyant un vain repos, durant de longues nuits
A leur ombre muette endormi mes ennuis?...
Devant tous ces témoins d'une ardeur si constante,
Se peut-il qu'aujourd'hui vous trompiez mon attente
Et me cachiez le mot d'un secret odieux,
— Le premier entre nous, — qui jette sur vos yeux
Ce nuage fatal dont mon amour s'irrite?
Ne niez pas. En vain votre regard m'évite :
Sur vos cils abaissés ce léger tremblement,
Qui ride d'un double arc le trait pur et charmant,
Soulève dans mon âme une angoisse profonde;
— Leurs rayons éclipsés me voilent tout un monde!
Ne le savez-vous pas? Quoi qu'un royal destin
Offre pour assouvir l'orgueil le plus hautain,
Les trésors et la gloire et l'éclat d'un empire,
Jusqu'aux souffles du ciel que toute lèvre aspire,
Pour l'émyr Almanzor ne sont plus rien sans vous!

MÉRYEM.

Vous êtes mon seigneur, mon maître — et mon époux
Adoré !

ALMANZOR, l'entourant de ses bras.

Pour moi donc, que n'es-tu pas, cruelle?
Toi seule eus tous mes vœux, si loin qu'il me rappelle
Avoir vécu ! — Déjà tu remplissais ce cœur
Lorsque dans les tournois j'essayais sa valeur;
Et que, fier d'un léger sourire de la gloire,
Je t'offrais en secret ma première victoire.
Ce bandeau de nos rois, que le ciel m'a donné,
J'ai voulu que ton front en parût couronné.
Du sort de tout un peuple il t'a fait souveraine
Et, dans quelque dessein que la gloire m'entraîne,
Ma seule ambition et mon unique loi,
Tout mon espoir, c'est toi, toujours toi, rien que toi !
Mais pour qui crois-tu donc que Grenade relève
Son front humilié, comme au sortir d'un rêve?
Pour qui tous ses enfants s'arment-ils aujourd'hui?
Des héroïques jours quelle espérance a lui?
Sais-tu que dans l'instant Lorca m'ouvre sa porte?
Son alcade est à nous; pour lui prêter main-forte,
Ton frère a dû passer sur le bord espagnol :
Vers le nid paternel l'aigle a repris son vol.

1.

— Que le ciel me seconde encor, l'heure est prochaine,

Où des khalifes saints pour renouer la chaîne,

Cordoue acclamera dans son jeune sauveur

Du grand nom d'Almanzor un digne releveur (1)!

Qu'alors d'un peuple entier la voix reconnaissante

Célèbre par tous lieux sa grandeur renaissante,

Son précoce génie et l'éclat surhumain

D'un front que Dieu lui-même a marqué de sa main;

— Mais toi, tu le sais bien : son âme magnanime

N'emprunta qu'à l'amour le beau feu qui l'anime,

Et dédaigna l'orgueil d'attacher à son nom

Des conquérants fameux le triste et vain renom;

Qu'on dise seulement : « Sur cette tête blonde

» Il eût voulu poser la couronne du monde,

» Et d'un rayon de gloire armant son bras vainqueur

» Élever jusqu'aux cieux l'idole de son cœur! »

Ah! prends garde, ce cœur couve avec épouvante

D'un foyer mal éteint la flamme encor vivante;

Qu'un souffle, qu'un éclair passe pour l'attiser,

Et ces transports jaloux, qu'il ne peut maîtriser...

MÉRYEM, relevant la tête.

Toi, jaloux?... tu peux l'être, ingrat?... Ah! qu'elle vienne

(1) Voir la note 2.

Cette heure où la constance éprouvera la mienne!...

Avec une agitation croissante et les yeux fixés sur le poignard qu'Almanzor porte à la ceinture.

Oui, que la mort ici me prenne, — entre tes bras
Que ce poignard me frappe, — et tu me connaîtras!
Si tu tremblais, veux-tu que ma main le dirige,
Dis, laisse!...

D'un geste égaré elle s'efforce de saisir le poignard.

ALMANZOR, lui prenant doucement la main.

Quel transport te saisit, quel vertige,
Indigne de toi-même, indigne de nous deux?
Ma chère âme, où prétend ton souhait hasardeux?
Respecte de la Mort le divin caractère,
Et plutôt qu'accuser son bienfaisant mystère,
Rends grâces au Seigneur dont la sage bonté
En voulut à nos yeux voiler la nudité!
Ah! ce n'est pas à ceux que tourmente l'envie
Et le regret amer d'une éternelle vie,
De presser de leurs vœux cet Ange du trépas
Qui marche à pas comptés dans l'ombre de nos pas.

MÉRYEM.

Pardonne!... A mon insu débordent mes pensées :

D'où peuvent me venir ces terreurs insensées?
J'eus des parents chrétiens, tu le sais; malgré moi
Ces appareils de deuil évoqués par leur foi,
Ces images de mort, ces flammes éternelles,
Cet enfer, châtiment des voluptés mortelles,
Tous ces spectres hideux, ont tant de fois hanté,
— Et jusque dans tes bras! — mon cœur épouvanté.. .

Elle tombe sur le banc et se cache la tête dans les mains.

ALMANZOR.

Maudits soient tes Chrétiens, maudit leur Dieu morose!...
O toi, sous l'œil du jour fleur la plus douce éclose,
Battement de mon cœur et rayon de mes yeux,
Laisse-moi d'un baiser à ce front soucieux,
Chasser ce pli funeste!... O douce bien-aimée,
Viens, je te guiderai sur l'herbe parfumée;
Ne veux-tu pas rouvrir au pur azur du ciel
L'azur plus pur de ta prunelle? Il est cruel
De voiler un regard si doux, — et plus encore,
D'oublier à tes pieds un époux qui t'adore...

Il est à genoux et lui prend les mains.

MÉRYEM.

Eh bien! si tu le veux, écoute; — lève-toi!

Je ne suis qu'une amante, et la plus folle : — voi!

Elle tire de son corsage un médaillon qu'elle lui tend.

ALMANZOR.

Ce médaillon?... sans doute un ancien reliquaire,
Un bijou de famille aux armes...

MÉRYEM.

               Oui. Ma mère,
Comme étant Espagnole et de grande maison,
Eut toujours le souci de son noble blason,
Et, par un soin pieux, voulut dès le bas âge,
Au cou de ses enfants en suspendre l'image,
Suivant ce que pour elle on avait fait jadis.
Puis, quand mon frère et moi sous son aile grandis,
A nos fronts de quinze ans sa fierté maternelle
Se plut à relever chaque grâce nouvelle,
Dans ces deux médaillons jumeaux elle enferma
Nos portraits, chers témoins de tout ce qu'elle aima.
Sa mort a fait pour nous ces reliques sacrées.

ALMANZOR.

Et de quels diamants seraient-elles parées
Que ne fissent pâlir les perles de tes pleurs!

MÉRYEM.

La source en va jaillir pour bien d'autres malheurs :
Ouvre.

ALMANZOR, ouvrant le médaillon.

C'est un portrait — qui m'est connu — ton frère ?...

MÉRYEM.

C'est que.... nos talismans, dons d'une main si chère,
Nous les avons tous deux échangés. Que veux-tu ?
Il partait. Vainement mon cœur s'est débattu
Contre un pressentiment funeste : que sera-ce,
Ai-je dit, si le sort qui poursuit notre race
Va dans l'affreuse nuit d'un combat inhumain
Au sang de sa famille ensanglanter sa main ?
Dieu ! que dans la mêlée un signe le protége !
Pour conjurer le sort, moi, sa sœur, que ferai-je ?
Ce qu'aurait fait ici la mère qui n'est plus :
Je mis mon médaillon à son cou..., mais voulus
Qu'avant de l'emporter pour toute sa campagne...

Avec embarras.

Un gros de Bohémiens passait, venant d'Espagne, ..

ALMANZOR.

Je devine...

MÉRYEM.

Eh bien, oui! — nous les fîmes bénir,
Ces emblèmes chrétiens...

ALMANZOR.

Fous!...

MÉRYEM.

Laisse-moi finir.

D'étranges visions j'avais l'âme obsédée.
Une vieille était là qu'on disait possédée
De l'esprit prophétique... et je tentai les sorts.
Oh! j'ai cruellement expié ces seuls torts :
Sitôt que je veux fuir le fatal horoscope,
Tout répète à mes yeux, confirme et développe
L'effroyable teneur de son texte ambigu.
Hélas! toi-même aussi tu seras convaincu,
Par tes yeux, du pouvoir de la vieille maudite,
Car sa prédiction, elle est là, — toute écrite!

Elle désigne le médaillon.

ALMANZOR, lisant au revers.

« A LA REINE »

« Toi qui vis dans l'orgueil et dans l'oubli des Dieux,

» *Femme des biens charnels si follement éprise,*

» *La mort est sur tes pas ; tremble ! — te voilà prise*

» *Au piége de ce monstre, implacable, odieux,*

» *Le plus cruel qui soit...*

MÉRYEM, l'interrompant.

Propos injurieux,

Passe !

ALMANZOR.

Mais c'est tout.

MÉRYEM.

Non. Cherche dans ta ceinture,
Vers la poche au poignard...

ALMANZOR, tirant un billet de la doublure de son baudrier.

De la même écriture ?

MÉRYEM.

La suite...

ALMANZOR.

A mon tour donc !...

MÉRYEM,

Lis, et sois moins hautain.

ALMANZOR, lisant.

« AU ROI »

« *Laisse dormir en paix, roi, le sang dans la veine,*
» *La flamme sous la cendre et le fer dans sa gaîne;*
» *Car ton œil est aveugle et ton bras incertain,*

» *Car d'un libre vouloir l'homme à tort se réclame,*
» *Car ton poignard a soif et bientôt le Destin*
» *Va du sang d'une épouse en abreuver la lame!* »

Exécrable infamie!

MÉRYEM.

Hélas! depuis ce jour
La source est corrompue, où puisait mon amour!

ALMANZOR.

Chrétiens et Bohémiens, engeance détestée,
Prophétesse de mal, par ta rage empestée
Fallait-il donc troubler ce lac riant et pur
Où nos âmes, d'un vol égal, fendaient l'azur!

Il dégaîne le poignard.

Je veux examiner...

MÉRYEM, effrayée.

Ne touche pas cette arme :
Pourquoi tenter le sort?

ALMANZOR.

Pourquoi prendre l'alarme?

MÉRYEM.

C'est l'éclair de ma mort qui brille dans ta main.

ALMANZOR.

Enfant!

MÉRYEM.

Épargne-moi!

ALMANZOR.

Tu chercheras demain
Ta vieille Bohémienne, et quand sa noire face
Voudra savoir l'accueil qu'on fait à sa menace,
Qu'elle aille demander aux flots profonds et sourds
Le ridicule objet qui devait pour toujours
De l'émyr Almanzor troubler la destinée!

Il lance le poignard par dessus la balustrade.

UNE VOIX, dans le lointain.

Ah!...

ALMANZOR.

Quel cri?...

MÉRYEM.

C'en est fait, et notre heure est sonnée!

ALMANZOR.

Méryem, mon amour, tu pleures!... Contre nous
Que le Ciel des Enfers ameutant le courroux
Mêle ses légions à leurs noires phalanges,
Je défie à la fois les Démons et les Anges!...
Saïd!...

SCÈNE III

Entre BEN-SAÏD.

ALMANZOR.

Tu viens d'entendre?

BEN-SAID.

Oui, ce cri m'a frappé.

ALMANZOR.

D'où vient-il?

BEN-SAÏD.

Je ne sais. On l'eût dit échappé
A quelque malheureux en danger de naufrage.

Pourtant aucun bateau n'était là : du rivage
Semblaient monter des voix quand je suis accouru.

ALMANZOR, penché sur la balustrade.

Tu dis vrai. Sur le bord le groupe s'est accru....
Que vois-je? une civière, un blessé qu'on ramasse!

MÉRYEM.

Que promptement l'effet a suivi la menace!

La foule se précipite sur la scène. On amène Tuzani blessé, le poignard dans le sein.

ALMANZOR.

Tuzani,... lui, Seigneur!... Seigneur, par quel chemin
Voulez-vous nous conduire, hélas!... et quelle main
Frappe ainsi par la nôtre?... Ah! Tuzani, pardonne!
Quand tu versais ton sang pour ton maître, — il te donne
D'un poignard dans le cœur!...

Il se prosterne devant la civière.

TUZANI, d'une voix faible.

Tout mon sang est à toi,
Maître, — Dieu ait mon âme!

ESTRELLA, éclatant.

Oh!...

LIBYA, avec ironie.

Cachez votre émoi.

TUZANI.

Survivant...

ALMANZOR, se relevant.

Qu'as-tu dit?

TUZANI.

Le sort nous est contraire.

ALMANZOR.

Une déroute?...

TUZANI.

Hélas! tout est perdu.

MÉRYEM.

Mon frère?...

TUZANI.

Mort.

ALMANZOR.

Nous le vengerons!

LIBYA, à part.

Et qui te vengera,

Toi, Tuzani?

Montrant Estrella.

Ce n'est pas elle....

ALMANZOR.

On pleurera

Ce jour dans la Castille ou que je meure !... Achève...

TUZANI.

L'heure presse... Écoutez ! — à peine je soulève

Ma poitrine... et le souffle échappe à mon effort...

Nos vaisseaux bien ancrés, nous campions près du bord,

A souhait, quand, la nuit, une rumeur éclate.

L'Espagnol a surpris nos gardes : à la hâte

On s'arme. Mohammet se jette au premier rang...

Il tombe, tout s'enfuit !... Un nuage de sang

M'environne et m'aveugle...; on m'accule au rivage...;

Je combattais toujours, disputant le passage,

Quand un bûcher immense éclaire l'air et l'eau ;

Je chancelle, et porté sur les ais d'un radeau

Je passe sous leurs traits et protégé par l'ombre

D'une fumée épaisse... Oh ! que la mer est sombre !...

J'arrive, Estrelle... Estrelle !...

Il s'évanouit.

BEN-SAID.

Il meurt....

ALMANZOR, désignant Méryem et Estrella.

Éloignez-les.

LIBYA, à l'écart.

Il a bien dit son nom?...

ALMANZOR, aux porteurs de la civière.

Entrez dans le palais.

A Muley.

Rapporte-moi le fer....

MULEY.

J'entends!

La foule se disperse. On emporte Tuzani dans le pavillon. Almanzor se détourne.

SCÈNE IV

BEN-SAÏD, resté le dernier, se rapproche d'ALMANZOR.

BEN-SAÏD.

Maître?...

ALMANZOR, se retournant, le visage en larmes.

Oui, je pleure!
On l'a dit, je le crus, hélas! jusqu'à cette heure,
Qu'il en doit plus coûter au Destin généreux
Pour faire un malheureux sur terre qu'un heureux;

Mais non !... c'est dans nos maux qu'il met un soin étrange ;
C'est d'eux seuls qu'il a cure... ; ah ! Saïd, cherche, arrange,
A former un malheur épuise tout ton art,
Tu n'égaleras pas l'ouvrage du hasard !

BEN-SAÏD.

Dieu mesure à nos fronts le fardeau qu'il nous donne,
Et la charge est plus lourde aux porteurs de couronne ;
Emyr, redresse-toi. Contiens cette douleur,
Élargis ta poitrine au souffle du malheur.
De pleurs et de soupirs une indigne tempête
Ne doit pas arriver jusqu'à ta lèvre...

ALMANZOR.

Ah ! prête,
Prête une aide à ce cœur. Parle-moi de devoir,
D'honneur et de vertu.... Tu ne peux pas savoir
Quelle est cette misère, incurable, profonde !

BEN-SAÏD.

Je le sais : ton armée est perdue.

ALMANZOR.

En ce monde
Qu'est-ce donc qu'une armée ?

BEN-SAÏD.

Est-ce qu'au premier coup
Ton courage s'abat?

ALMANZOR.

Mon courage est debout.

BEN-SAÏD.

C'est Tuzani mourant qui trouble ta pensée?

ALMANZOR.

Dieu sait pourquoi ma main au meurtre fut poussée,
Je me repose en lui.

BEN-SAÏD.

Pleures-tu nos soldats,
Ton frère?...

ALMANZOR.

Sont-ils pas tombés dans les combats?

BEN-SAÏD.

Quel est donc ce secret que je ne puis surprendre?

ALMANZOR.

Non, tu ne peux, ami, — tu ne saurais comprendre

2

Mon désespoir amer et mon trouble profond,
Et pourquoi, comme un fou, je me frappe le front!

O jours évanouis, beaux jours où l'espérance
Nourrissait de mon cœur la flatteuse assurance,
Quel songe!... O Méryem, à tes pieds quand j'allais,
Impatient des bruits et des soins du palais,
Avare de chaque heure acquise à mon empire,
M'enivrer au doux miel que ta bouche respire!
O fleurs de mon printemps, ô paradis perdu!...

Assez, assez rêvé!... Je t'ai bien entendu,
Sombre appel du Destin qui frappes à ma porte;
Va, que je donne un pleur à ma chimère morte,
Et désormais je suis à toi!... C'est bientôt fait
D'appeler tout cela folie... et dans l'effet,
C'est une sombre, étrange et triste frénésie
Que d'aimer sans relâche, et d'une jalousie
Furieuse, au delà du Temps et de la Mort!...
Autres soins!... dans une heure à la porte du Nord,
Va!...

Retenant Ben-Saïd.

— J'ouvre dans ce jour une terrible guerre :
Que jamais au fourreau n'entre ce cimeterre,
Que je marche sans trêve et halette au soleil,
Nul repos à mon bras, à mes yeux nul sommeil;

Sans jamais une fois regarder en arrière,

Que mon corps soit de fer et mon âme de pierre,

Jusqu'au jour où j'aurai, pour un combat mortel,

Rejoint nos ennemis, — et par l'aide du ciel,

Obligeant le Destin à me porter en face

Ce coup mystérieux dont sa voix me menace,

J'éprouverai sur eux, dans un effort puissant,

L'ardeur de mon courage et le prix de mon sang!

Ils se séparent, Almanzor rentre dans le pavillon et Saïd sort par l'escalier du fond.

SCÈNE V

ESTRELLA *se dirige en courant vers le pavillon.* LIBYA *lui barre le passage.*

ESTRELLA.

A la fin je vais...

Elle aperçoit Libya.

Ah!...

LIBYA.

Où courez-vous si vite?

Allons, ma chère, on sait quel souci vous agite,

Tuzani n'est point mort.

ESTRELLA.

Vous l'auriez vu?

LIBYA.

Moi? — Non.
Mais je n'ai pas perdu mon temps en pâmoison.

ESTRELLA.

Encor me fallait-il, au nom de ma maîtresse,
Sur cet infortuné...

LIBYA.

Vraiment, il l'intéresse!
C'est pour elle, aussi bien, tout ce qu'il a souffert!

ESTRELLA.

Des esprits malfaisants sont aujourd'hui dans l'air,
Libya; — votre bouche en est envenimée!...

> Libya, lui saisissant le bras, la conduit vers les gradins du parterre d'où l'on domine la ville.

LIBYA.

Tu l'as dit; à bon droit ta crainte est alarmée.
La guerre est dans l'air... vois! — comme une aile en arrêt
Le drapeau vert palpite au haut du minaret;

C'est le signal levé pour la sanglante fête.

Dans la ville en rumeur, tout gronde, tout s'apprête :

De par les murs, les quais, les terrasses, entends

Monter en échos sourds les tocsins haletants !

— Va-t'en de Méryem en réjouir l'oreille,

Dis-lui que le lion endormi se réveille,

Qu'Almanzor se dispose et que tu l'as pu voir !...

Mais cours donc, malheureuse !

> Estrella rentre au palais.

Et moi, je vais savoir

Qui de nous deux on aime....

> Elle sort.

SCÈNE VI

Entre ALMANZOR en habit de guerre. Un PAGE porte ses armes.

ALMANZOR, au dehors.

Allez, je vous suis.

Il s'arrête près de la balustrade.

Page,

Prends l'armet et l'écu, veille à tout l'équipage.

Saïd doit nous attendre au tournant des jardins ;

Amène mon cheval au pied de ces gradins ;

2.

Puis, tout prêt, que d'en bas ton cor me le signale;
Hâte-toi, mon enfant.

Le page sort. Almanzor s'avance; il tient à la main la lame du poignard et va la déposer sur un dé de pierre.

ALMANZOR.

C'est l'épreuve finale :
Allons!... Ah! malgré moi, monte jusqu'à mon cœur
Un trouble impétueux, comme un torrent vainqueur;
Et près de cet adieu, tout mon être chancelle!...

Méryem entre; elle observe Almanzor qui ne la voit point.

MÉRYEM.

Tu me fuis, Almanzor, et cette heure cruelle,
Si courte, hélas! — veux-tu l'employer loin de moi?

ALMANZOR, courant à elle.

Ah! grand Dieu! que ne puis-je épuiser près de toi,
D'un seul trait, ce breuvage amer et cette lie,
Déboire de la coupe autrefois si remplie!...
    Méryem, mon amour, — je pars, et ne sais pas
Où ni quand le Destin veut arrêter mes pas;
Je m'en vais dans la nuit sans rayon qui me guide,
Et ceux qui me verront passer sombre, intrépide,

Avec deux trous luisant sous mon masque de fer,
Me croiront échappé des antres de l'enfer,
Car il est là, — vois-tu! — je ne sais quoi qui gronde...

MÉRYEM, s'attachant à lui.

Apaise, ô mon seul bien, dans ton âme profonde
Ces bouillons enfiellés d'une amère rancœur,
Et si, dans la mêlée, il te montait au cœur
Quelque ressouvenir d'une indigne colère,
Que ma pensée alors, ta douce conseillère,
Vienne arrêter ton bras, — hélas! s'il n'est assez
Des sanglants pronostics contre nous amassés!

ALMANZOR.

Tu seras obéie. — Aussi bien je renonce
A lutter plus longtemps contre un sort qui s'annonce
Par les sanglants exploits de ce poignard maudit.
Va, je n'ai plus d'orgueil, et j'admire, interdit,
Qu'un billet anonyme, une injure vulgaire,
Me causent plus d'émoi que n'ont jamais pu faire
Et tant de maux réels dont je ne puis douter
Et tant de durs combats que je vais affronter.

MÉRYEM.

Il se pourrait!...

ALMANZOR, la conduisant près du poignard.

Tu vas juger de ma détresse.

Pour toucher ce poignard ma main n'est plus maîtresse

D'elle-même, et tu vis, là, quand elle voulut

En rejeter le poids, comment seul vers son but,

A travers je ne sais quelle orbite inconnue,

Il a tendu son vol!... sa lame est revenue

De ce sombre voyage encor chaude d'un sang

Dont j'ignore, après tout, si je fus innocent...

Malheur à moi! — La peur de mon être s'empare

Et les pressentiments où mon esprit s'égare

De ta prédiction semblent hâter le cours :

Un monstre, a-t-elle dit, doit abréger tes jours;

Quel est-il? — d'où? comment?... Effroyable problème!...

O Méryem, s'il faut que ton heure suprême

Soit marquée au cadran de cet oracle affreux,

S'il est vrai que ce fer, serviteur dangereux,

S'attachant à nos pas d'une haine tenace,

Promène sur ta tête une sourde menace,

S'il est vrai que sa course échappe à mon pouvoir

Et qu'un élan fatal, impossible à prévoir,

Le jette sur tous ceux placés à sa traverse

Comme un éclair de mort qui luit et qui transperce!...

Si je ne puis rester, ni courir où m'attend
Le devoir de l'honneur, ni partir, emportant
Un doute si cruel sur un objet si tendre,
Je t'en conjure, amie, — il faut toi-même prendre
Cette arme ensorcelée. Accepte, et jure-moi
Que rien ne saurait plus la séparer de toi,
Et qu'ainsi de ton sort tes mains seules soient juges !

MÉRYEM.

Almanzor, mon seigneur, c'est en vain que tu juges
Que je vais accepter comme un présent heureux
Cet horrible poignard teint d'un sang généreux.
Loin de moi cette vue !

ALMANZOR.

Entends !...

MÉRYEM.

                    Le triste augure
Qu'attacher à mon flanc cet agent de torture !
Eh ! qui, pour la sauver, songerait à lier
Le corps de la victime au fer du meurtrier !
Dois-je avec mon bourreau vivre ainsi, côte à côte,
Remise sans défense aux soins d'un pareil hôte ?

ALMANZOR.

Mais le meilleur garant de ta sécurité
N'est-il pas de savoir cette arme à ton côté?

MÉRYEM.

Non. C'est à toi plutôt d'en conserver la garde :
Il me plaît de n'avoir que toi pour sauvegarde.

ALMANZOR.

Épargne à ton époux une charge en surcroît.

MÉRYEM.

Cette charge est la tienne et te revient de droit :
Te donnant mon amour, je t'ai donné ma vie.

ALMANZOR.

Mais les sorts ont parlé, le Destin t'y convie...

MÉRYEM.

Que me font du Destin les prétendus arrêts?
Il m'en a trop coûté d'en sonder les secrets!

ALMANZOR.

Dieu ne pouvait te faire une faveur plus grande...

MÉRYEM.

La plus grande et la seule encor que je demande,
C'est qu'il nous laisse unis jusque dans le tombeau !

ALMANZOR.

O sublime abandon, sacrifice trop beau !

MÉRYEM.

Non, ce n'est pas la mort, ami, que je repousse ;
Telle qu'on la voudra je la trouverai douce,
Si c'est moi qui survis... et...

ALMANZOR, l'attirant à lui pour lui fermer la bouche.

Tais-toi. Je me rend...

Il la contemple avec ravissement.

Donc, par excès d'amour, je serai le tyran
Et le maître absolu de ces jours qu'on m'envie.
De ce triste pouvoir, s'il faut que je te die,
Mon cœur, mon lâche cœur s'applaudit en secret.
Oui, j'ose souhaiter que la vieille ait dit vrai,
Que ce fer de ton sort soit l'arbitre, — je jure
Qu'il ne me quitte plus !...

Il replace le poignard à sa ceinture. — Appel de cor.

MÉRYEM.

Déjà !... j'en étais sûre

Et j'allais l'oublier ; — ce signal, c'est le tien.

C'est vrai, tu pars !... ma vie et mon unique bien,

Je te perds..., et j'avais cent choses à te dire

Dont je ne sais plus une... et ma tête... Ah ! j'expire !...

> Elle tombe sans connaissance. Almanzor la prend dans ses bras et la dépose sur le banc. Puis il se relève et l'embrasse sur le front.

ALMANZOR.

O douce Méryem, jamais tu ne sauras

De quel réseau d'angoisse, au sortir de tes bras,

Ton malheureux amant a dénoué l'étreinte.

— Partout, de ton baiser j'emporterai l'empreinte,

Et ton âme a passé, pour ce suprême adieu,

Comme un charbon divin sur mes lèvres en feu !

> Il sort en courant sans détourner la tête. Méryem rouvre les yeux, se voit seule et court à la balustrade.

FIN DU PREMIER ACTE

ACTE DEUXIÈME

LE TESTAMENT

Camp espagnol dans la sierra Nevada. Intérieur d'une tente. Au fond une portière baissée ; à droite, une table, un brasero. — Dans l'angle, une panoplie ; l'écu
porte pour emblème un arbre déraciné avec une feuille à ses branches et cette
devise : « Seule dans la tempête ».

SCÈNE PREMIÈRE

Le COMTE ALVAR DE MENDOÇA, en costume de guerre.
Il est assis près de la table et tient un médaillon à la main.

DON ALVAR.

La main de Dieu est là ; — quand sa bonté m'envoie
Des indices si clairs pour me marquer ma voie,
Puis-je fermer les yeux, négliger ses avis ?

Il se lève.

Non, je veux le tenter, — et, puisque je survis,
Feuille unique épargnée à l'arbre de ma race,

3

J'en ferai, sous l'effort de ma séve vivace,
Reverdir le vieux tronc en rameaux éclatants !
Ce signe est le premier que depuis quarante ans
Le ciel à ma maison donna de sa clémence ;
Quarante ans !... Oui, le temps des rigueurs fut immense,
Comme la faute, hélas ! — Depuis qu'un Mendoça,
Reniant son blason et sa foi, s'abaissa
Jusqu'à subir le joug d'une main sarrasine,
Chaque jour a des siens agrandi la ruine.
L'aïeul finit là-bas, dans la honte et l'oubli ;
Mon père fléchissant sous un nom avili,
Et ma mère aussitôt, moururent avant l'âge ;
Je n'ai connu ni l'un ni l'autre : l'héritage
Était lourd au berceau de l'enfant orphelin.
Sans amis, sans parents, je grandis, le cœur plein
Du souci d'arracher mon nom à l'infamie.
Dieu soit loué ! — mon sang prouva sa prudhomie
En trop d'occasions pour qu'il reste aujourd'hui
De l'antique souillure une trace après lui.
Mes exploits en son rang ont remis ma famille ;
Ma noblesse est refaite, et le roi de Castille,
Cherchant le plus vaillant entre tous, délégua
Pour chef des fronteros le fils du rénégat ! (1)

(1) Voir la note 3.

Mais rien n'est achevé s'il doit rester encore
Quelque épave dernière à racheter du More.
Or la sœur de mon père, une enfant que jadis
Emmena l'apostat chez ces païens maudits,
A gardé sa foi pure et l'honneur de sa race;
Chrétienne, du baptême elle a transmis la grâce
A son fils, à sa fille..., et ce signe à mes yeux
Serait-il envoyé pour me guider vers eux,
Et Dieu l'eût-il ainsi voulu pour que moi, j'aille
Aux fers de l'infidèle arracher son ouaille?...

Il revient à la table et considère le médaillon.

Que me veut ce portrait?... Quand je l'ai pris, souillé,
Au cou de ce cadavre à demi dépouillé,
Parmi d'autres débris encor chauds du carnage,
J'ai senti jusqu'au cœur s'enfoncer son image :
Son regard me poursuit. Sphinx aux doux yeux, qu'es-tu?
Dans cet ovale étroit quand tu me ris, vêtu,
Comme d'un nimbe d'or, du blason de famille,
Dois-je ici reconnaître ou ma tante... ou sa fille?
Viens, discret messager d'un bonheur à venir,
Prends place sur ce cœur qui ne peut contenir
L'espoir mystérieux dont l'enivra ta vue?

Il passe le médaillon à son cou.

SCÈNE II

Un PAGE soulève la portière.

LE PAGE.

Don Lope et don Sanchez...

DON ALVAR.

Ils sont de bienvenue.

Entrent don Lope et don Sanchez.

DON ALVAR.

Vite..., qu'apportez-vous?... notre troupeau mutin
Se soumet-il?... Voyons...

DON LOPE.

Jamais refus hautain
Ne fit un moindre cas de plus de courtoisie.

DON ALVAR.

Qu'est-ce à dire?

DON SANCHEZ.

La place eût été mal choisie

Certes, pour un combat de générosité,
Et Lope vous a dit moins que la vérité.

DON ALVAR, à don Lope.

Parlez.

DON LOPE.

Au vu du camp la chose s'est passée.
La troupe des captifs était là ramassée,
Farouche encore, — et nous, tout d'abord, avisant
Trois d'entre eux à l'écart, qu'un maintien imposant
Et sous leurs grands burnous certaine mine altière
Semblait tirer de pair sur l'assistance entière :
« Le Comte, avons-nous dit, honore la valeur ;
» Dans sa propre victoire il plaint votre malheur.
» Il eût voulu, bornant ses justes représailles,
» Suspendre ici le cours de tant de funérailles
» Et ne pas immoler tout un peuple innocent
» Pour le crime d'un seul, ménager de son sang !
» Quand votre Emyr forfait ses promesses, le Comte,
» Qui tient la preuve, a droit de lui demander compte.
» Si fait-il ; — et pourtant il désire savoir
» Si quelqu'un d'entre vous, sans manquer au devoir,
» Veut auprès d'Almanzor lui servir d'interprète ;
» Que vous l'alliez chercher, ou que dans sa retraite

» Un de nous deux vous suive, aussitôt qu'il viendra
» Vous serez libres, — tous! — car il n'appartiendra
» Qu'à lui seul d'acquitter la rançon légitime
» Qu'impose à sa défaite un vainqueur magnanime. »
Mais tant d'appels pressants n'ont rien gagné sur eux;
Pas un mot, pas un signe à leur front ténébreux;
C'est ainsi...

DON SANCHEZ.

Que devant nos vaincus de la veille
Nous ayons fui le champ : c'est ce qui m'émerveille!

DON LOPE.

Sanche a bien dit. Pour moi, j'ajouterai ceci :
Peut-être eût-il fallu prendre plus de souci,
— Si, du moins, vous tenez nos avis pour sincères, —
De sauver la fierté de pareils adversaires.
Quoi qu'il en soit du rang de chaque prisonnier,
Ces trois-là sont de marque, on ne saurait nier;
Et, de toute façon, si leur mine outrageuse
A blessé notre orgueil, elle était courageuse.

DON ALVAR.

Je vous entends, don Lope. Eh bien! je vais les voir,
Moi-même, sur-le-champ; — et vous allez savoir

Quelles conditions mon arrêt leur impose.

Je vous appelle tous à juger dans ma cause.

Amenez-les ici.

Sortent don Lope et don Sanchez.

Page, que maintenant

La tente soit ouverte et libre à tout venant!

SCÈNE III

La portière de la tente est relevée. CHEVALIERS, SOLDATS, VA-
LETS se groupent au fond de la scène. Le COMTE reste debout
près de la table. DON LOPE et DON SANCHEZ amènent les trois
prisonniers, impassibles, têtes nues, sans armes et les vêtements en
lambeaux.

DON ALVAR.

Si nos offres, seigneurs, ont manqué d'accortise,

Je m'en excuse; et veux avec pleine franchise

Devant ces chevaliers prêts à me seconder

Vous dire quel motif m'a fait vous demander.

Le trouble qui suivit notre chaude algarade,

L'obscurité, le soin dont vous fîtes parade

D'assaillir par surprise et la nuit nos quartiers,

Sans écu ni pennon, en hardis flibustiers,

Et ce silence enfin où votre orgueil s'obstine,

Comme pour mieux cacher votre illustre origine ;
Tout avait conspiré pour former notre erreur.
Certes, nous avions tort, puisque votre valeur
Nous a de son haut rang donné d'assez bons signes ;
Vous êtes chevaliers, car vous en êtes dignes.
Je vous parlerai donc comme tels. Votre Emyr,
Par des actes formels dont j'ai bon souvenir,
Avait de notre roi recherché l'alliance ;
Il l'obtint. Nous étions dès lors sans défiance
Quand, au bruit qu'en Murcie un traître gouverneur
Armait contre le roi, son suzerain seigneur,
J'accourus ; et parmi ces trâmes ébauchées
Trouvant partout les mains de l'Emyr embûchées,
Je gagnai de vitesse et surpris votre camp.
Dieu fit à la justice un triomphe marquant.
Sur le sol ennemi je rejetai la guerre ;
Depuis, chaque rencontre à mes armes prospère
Vous a mis dans l'état de voir sur vos foyers
Retomber les brandons que vous nous envoyiez.
Je passe, puisqu'enfin la paix que je propose
Doit terminer ces maux dont l'Emyr seul est cause.
Là, de sa main écrits, de son cachet scellés,
J'ai de sa trahison les aveux étalés :
Sur le corps d'un des siens la dépouille en fut prise.

Mais il peut racheter ces preuves de traîtrise ;
Qu'il vienne donc les prendre et que, publiquement
Les reniant, il fasse entre mes mains serment
De garder à mon maître une foi véritable !
Seulement je réclame une part équitable
Au marché : j'ai fait vœu de rendre à mon pays
Une fille arrachée à ses parents trahis,
Chrétienne et baptisée, aujourd'hui la sujette
De votre Emyr... Eh bien ! que lui-même il remette
En mes mains cette femme, — il la connaît, je croi, —
Enfin qu'à tout hasard il m'engage sa foi,
Et m'aide à recouvrer par sa franche entremise
L'unique récompense à mes armes permise.
Ce faisant, il est quitte. A présent, répondez !

Silence des trois musulmans.

Je pensais que mes vœux seraient mieux secondés.
Mettons bas le pouvoir qu'ici je représente,
Étant du roi Chrétien la parole vivante ;
Moi, noble, chevalier, comte de Mendoça,
Par déférence au vœu que le ciel m'imposa,
Face à face et parlant en mon nom, je vous somme !
Répondrez-vous enfin ?

Même silence.

3.

DON ALVAR, avec explosion.

Or donc, voyez tous, comme

Avec ces mécréants il sied agir de pair !

La courtoisie est vaine auprès d'eux et se perd !

Puisqu'aussi bien leur langue à parler ne se plïe

Je ne reconnais point dè devoir qui me lie,

Et sans garder ici des égards superflus

Entre eux et leurs soldats je ne distingue plus.

J'épuiserai sur tous le droit de la victoire ;

Je ferai sans pitié mon œuvre expiatoire ;

Les cachots, l'incendie et la mort répondront

Pour ceux dont le silence osa me faire affront !

ALMANZOR, s'avançant.

Laisse là ta menace et délivre ta proie,

Si, du moins, ta parole est digne qu'on la croie,

Comte, je suis l'émyr Almanzor !

Ben-Saïd et Mulcy se jettent aux pieds d'Almanzor et lui baisent les mains.

ALMANZOR.

Vous, amis,

Dernier soulagement que le ciel m'ait permis,

Je vous quitte, il le faut, adieu ! — de mes misères

Vous fûtes jusqu'au bout courtisans volontaires.

Du malheur avec moi descendant les degrés,

Rien n'a lassé vos cœurs vainement ulcérés,

Et pour suprême affront, vous avez en silence

Des vils triomphateurs dévoré l'insolence....

— Que ne doit un vainqueur au captif abattu!... —

Dieu récompense en vous tant de rare vertu :

Que pour me revancher des maux dont il m'accable,

Il vous garde à jamais d'un sort au mien semblable !

Dans le moment si court qui les a tous ravis

J'ai vu passer mes biens l'un par l'autre suivis;...

Je sens, en vous perdant, qu'il m'en restait encore!

DON ALVAR, bas à don Lope.

Emmenez les captifs. Je garde le roi More.

Tous sortent. La portière se referme.

SCÈNE IV

ALMANZOR reste seul avec DON ALVAR.

DON ALVAR.

Je t'ai laissé parler, Emyr, avec fierté :

Conviens que j'ai, du moins en cela, respecté

Ton titre de captif, ton malheur, ton courage.
Tu m'as bravé sans peine et tu m'as fait l'outrage
De soupçonner tout haut ma parole !...

ALMANZOR.

Autrement
Me serais-je conduit, Chrétien, si librement,
Face à face, en champ clos, j'avais pu te répondre.

DON ALVAR.

Je le veux croire. Et moi, j'avais pour te confondre
D'infaillibles garants de ta duplicité,
Tes lettres, — que je brûle...

Il jette les papiers au brasero.

Et tout soit acquitté !
Un mot pourtant. — Avec ces lettres, fut saisie
Une image chrétienne... Étrange fantaisie
Pour ce More, gardien de tes plus grands secrets,
— Peut-être par le sang te tenait-il de près?... —
Que porter à son cou cette relique ancienne,
Cette figure..., vois !

Il présente le médaillon à l'Emyr.

ALMANZOR, à part.

Dieu juste !... c'est la sienne !...

DON ALVAR, observant Almanzor qui se détourne.

Un portrait, n'est-ce pas?... de qui?... tu dois savoir?...

Almanzor rend le médaillon.

ALMANZOR, avec précipitation.

Non!...

DON ALVAR.

Ta main tremble, Emyr. — Parle sans t'émouvoir.
Songe qu'entre tous ceux dont l'Espagne se pare
Le blason que je tiens brillait d'un éclat rare ;
Ce jeune et pur visage... — est-ce par un effet
Du cadre armorié qui l'environne?... — a fait
S'élever dans mon âme un trouble bien étrange.
Je veux voir cette femme ; — ou, si ce n'est qu'un ange
Envolé dans le ciel, le plus humble débris
De ses restes mortels pour moi sera sans prix !

ALMANZOR.

Je ne la connais point.

DON ALVAR.

M'as-tu bien su comprendre ?
Avec ta liberté j'ai promis de te rendre

Tes compagnons captifs, tes armes, tes chevaux,

Ton butin, tout le fruit de glorieux travaux ;

Je ne prétends garder aucun pouce de terre,

Et t'abandonne enfin les honneurs de la guerre

Si bien qu'entre nous deux la publique rumeur

Ne puisse distinguer le vaincu du vainqueur.

Pèse ces grands bienfaits. Pour moi, je ne réclame

En échange qu'un bien, — un seul bien, — cette femme !

ALMANZOR.

Je ne la connais point.

DON ALVAR.

Tu railles. — Et de quoi

Te priai-je, sinon qu'en toute bonne foi

Tu m'aides à chercher l'objet de cette image ?

Pour tout dire à la fin, d'un seul mot, sans ambage,

Tu vas jurer ici de m'ouvrir tes châteaux,

Tes villes, tes palais, — et même tes tombeaux, —

Dût le ciel n'accorder à ma vive prière

Qu'une forme sans vie et qu'un peu de poussière !

M'entends-tu cette fois ? — More, réponds !

ALMANZOR.

J'ai dit.

DON ALVAR.

Maudite soit l'erreur où j'étais, — et maudit
Soit l'égard que j'avais pour une race infâme !
Je crois que j'ai subi deux refus... ; sur mon âme,
C'est trop d'un. — Levons-nous, mon orgueil offensé !
La force achèvera ce qu'elle a commencé.

<small>Il revient à la table et replace le médaillon à son cou.</small>

ALMANZOR, à part.

O douleur non encore éprouvée..., ô torture !
Chaque mot, comme un dard, entrait dans la blessure ;
Et j'ai pu tout entendre et tout voir..., et l'horreur
N'a pas coupé le souffle à ma lèvre... ô fureur !
Que ne puis-je ici même achever mon martyre,
Et puisqu'il est écrit qu'avant que je n'expire
Il me faut épuiser tous les maux de l'enfer,
Que n'ai-je une arme, au moins, une arme !...

<small>Portant machinalement la main à sa ceinture.</small>

Quoi!... ce fer !...

Mystérieux poignard, c'est toi!... le ciel propice
Te remet sous ma main pour un dernier office ;
Viens !

<small>Il a dégaîné le poignard. Don Alvar se rapproche de lui.</small>

DON ALVAR.

Adieu. Je le jure, Emyr, et sans remord
Je tiendrai mon serment : cette femme ou la mort!

Le comte va pour sortir de la tente. Almanzor se précipite sur lui.

ALMANZOR.

Meurs donc!...

Le comte fait un mouvement qui détourne le coup. Le fer s'émousse sur le médaillon dont quelques morceaux roulent à terre.

ALMANZOR, éperdu.

Oh!... fer maudit!

L'Emyr laisse échapper le poignard.

DON ALVAR, la main sur son épée.

Par derrière,... perfide!...
Tu vas,... mais non. A moi!

Don Lope, don Sanchez, tous les chevaliers accourent. Les uns s'emparent d'Almanzor et tirent leurs épées; les autres entourent le comte et lui montrent le poignard qu'ils ont ramassé.

DON ALVAR.

Tous, sus à l'homicide!...
Ne frappez pas!... Vos mains n'ont pas ce qu'il lui faut

Et pour les assassins il n'est que l'échafaud :

Qu'aux fers de ses pareils il aille donc l'attendre !

On entraîne Almanzor. Le comte, sur le devant de la scène, considère le médaillon dont le portrait est resté intact à son cou.

DON ALVAR.

Toi, sacré talisman, vision douce et tendre,

Qui planes sur ma vie et protéges mes jours,

Je voue à te servir mes armes pour toujours !

Oui, sur la chère image ici je renouvelle

De mon antique vœu la promesse éternelle,

Et, puisque de mon sein tu détournas ce fer,

Moi, j'irai te chercher, Ange, dans ton enfer !

La scène change.

Cachot souterrain éclairé par un soupirail. Dans le fond, porte basse et cintrée ; quelques marches au seuil ; sur le devant, de gros piliers massifs. Il fait très-sombre.

SCÈNE V

ALMANZOR enchaîné. Il se soulève comme au sortir d'un assoupissement douloureux.

ALMANZOR.

Que je respire enfin sous ces voûtes glacées !

Dans l'ombre rouvrez-vous, mes paupières lassées !

De l'éternel repos est-ce un avant-coureur?...
Fers d'esclave, prison, je vous salue! — O tombe,
Que sur ce front maudit par les destins retombe,
Comme un linceul, ta froide et ténébreuse horreur!

Qu'il est lent à frapper le coup qui me délivre!
O Mort, tu tardes bien. Eh quoi? faut-il donc vivre,
Sur l'horizon désert quand rien n'a survécu,
Fortune, liberté, grandeurs, — tristes chimères, —
Pas même ce qui fait en ces heures amères
     Le seul réconfort du vaincu,

L'honneur! — Mais après toi pourquoi donc soupiré-je
Où l'amour a passé tout espoir n'est qu'un piége,
O Mort; — l'humble mortel qui s'endort dans ton lit
Dépose à son chevêt le fardeau de ses peines,
Et moi, tombé du haut des grandeurs souveraines,
Je ne puis aspirer à ta coupe d'oubli!

Tu n'y peux rien. Mon mal surpasse ta puissance;
Dans mon âme immortelle il puise son essence,
Et puisque par l'arrêt du sort pernicieux,
Une étoile jalouse alluma cette flamme,
Tu ne saurais pas plus l'éteindre dans mon âme
     Que les astres au fond des cieux?

Ah! funeste et maudite entre toutes soit celle
Qui d'un pareil amour me jeta l'étincelle !
Son feu dévora tout : sourd à d'autres regrets,
Pour tant de biens perdus à peine je murmure ;
Rien ne me touche plus, hors laisser en pâture
A des regards humains, Méryem, tes attraits !

O pensée irritante et féconde en alarmes !
Quoi ! tandis que je pars, le trésor de ses charmes
Aux insolents désirs reste à jamais livré !
Pour d'autres, après moi, rayonne encor sa grâce ;
Dans l'air qui l'environne ils respirent la trace
       Des fleurs dont je fus enivré !

Oui, tu le veux ainsi, Destin ! tout te dévoile :
L'image où sa beauté resplendissait sans voile,
Au cou de Mohammet c'est toi qui l'arrachas,
Et lorsque le Chrétien l'eut des yeux dévorée,
Toi qui lui dénonças cette tête adorée
Comme un butin facile à ses honteux pourchas !

Si ta menace encor ne m'était pas connue !...
Heureux, heureux qui peut, lorsque l'heure est venue
Où des terrestres lacs il faut se détacher,

Sans faire de ses biens une part inégale,

Emporter en mourant, comme Sardanapale,

    Sa maîtresse sur son bûcher !

Moi, quand je descendrai dans ma fosse déserte,

Le vautour qui s'acharne après ma plaie ouverte

Sera seul mon horrible et muet compagnon.

Ah ! cette idée encore exaspère ma rage

Et me remet au cœur un monstrueux courage

Pour des coups sans exemple et des forfaits sans nom !

SCÈNE VI

La porte s'ouvre. Dans le rayon de lumière apparaissent BEN-SAÏD
et le geôlier. ALMANZOR ne les voit point.

LE GEOLIER.

Le voici. — Descendez encor. L'ordre du Comte

Est de vous laisser seul avec lui ; tenez compte

Du délai que fixa sa générosité,

Une heure, — et je viendrai heurter de ce côté.

BEN-SAÏD, descendant les marches.

Merci. Que le Seigneur veuille un jour reconnaître

Votre pitié pour tant d'infortune !

Le geôlier referme la porte. Ben-Saïd s'approche d'Almanzor.

BEN-SAÏD.

O mon maître !...

ALMANZOR, en sursaut.

Ah ! c'est toi, Ben-Saïd ?... malheureux, que veux-tu ?
Dans l'ombre et sous les fers ce pauvre être abattu,
Crois-moi, n'est pas celui que tu cherchais... Va, cesse
De l'appeler, — l'Emyr n'est plus !

BEN-SAÏD.

Eh quoi ? serait-ce
Au cœur de tes sujets que tu n'es plus vivant ?
Non, pour eux le malheur t'a fait plus grand qu'avant ;
Sous ce honteux carcan comme sous la couronne
Ta fière majesté resplendit et rayonne ;
Et pas plus ne s'efface au souffle des vainqueurs
L'auréole à ton front que la foi dans nos cœurs.
O mon maître, ô mon Roi ! — ces genoux que j'embrasse,
Laisse, laisse-les moi ; — que j'y baise la trace
Empreinte par les fers !...

ALMANZOR.

Est-ce un ange du ciel
Qui me jette en passant cette goutte de miel?...
Relève-toi, Saïd. Qui t'amène?

BEN-SAÏD.

Un message,
Un devoir. Quand le Comte eut épuisé sa rage,
Il se tourna vers nous, d'un geste dédaigneux
Écarta nos gardiens, nous fit grâce, et sans mieux
S'exprimer, sans donner une marque plus claire
De l'étrange pitié qui tôt suit sa colère,
Il demanda lequel, se fiant à sa foi,
D'entre nous tous, voulait descendre auprès de toi,
Et préparer ton âme au suprême passage.
Je me nommai d'abord et briguai le message,
Mon maître, et me voici.

ALMANZOR.

Viens, ami, dans mes bras!
Le malheur aisément fait de nous des ingrats;
Mais las! ta piété dépasse la mesure;
Crois-moi, tout a son terme ici-bas, — de nature! —
L'amitié doit finir comme le reste!...

BEN-SAÏD.

Non,

Elle doit nous survivre, ou renier son nom.

Celui qui, dans la vie ou la mort, prévoit, ose

Prévoir une limite au devoir qu'elle impose,

Celui-là n'est pas un ami. — Je suis le tien,

Car c'est toi qui l'as dit... Mais dans cet entretien

J'oublie, hélas! quel terme est mis à ma parole

Et quel terme à tes jours!... Emyr, l'heure s'envole;

Ton âme dans le ciel bientôt aura monté;

Parle, j'écoute ici ta sainte volonté;

Et, si dans cet adieu, quelque souci te dure

Pour les biens d'ici-bas, ordonne et moi je jure

Par le saint nom du Dieu qui me voit et m'entend

Que je ferai ton œuvre, — et tu mourras content!

Tu ne dis rien?... faut-il encor que je l'atteste?

Tout est prêt pour ta mort; j'ai vu l'ordre — et le reste!

Moi sorti, le bourreau va rentrer; car demain

Le Comte et tous les siens reprendront leur chemin

Vers Almérie. Il veut dans une hâte extrême...

ALMANZOR.

Lui... c'est lui qui l'a dit!... Il s'est trahi lui-même....

L'avis est précieux; j'en ferai bon emploi...;

Dans Almérie?... Eh bien! j'y veux être avant toi,
Don Alvar de Mendoce, et qu'au spectacle rare
Que pour t'y saluer ma haine te prépare,
Tu saches qu'au travers de mon sépulcre froid
Il suffit de mon ombre à te glacer d'effroi!...

BEN-SAÏD.

Ton cœur impatient d'un vain espoir se leurre;
De la revanche, hélas! ce n'est pas encor l'heure,
Mais s'il doit te rester je ne sais quel souci
De n'avoir pas réglé ton dernier compte ici,
Que sans plus y songer ton âme se rassure!
Les Espagnols seront payés avec usure,
Nous sommes tous garants!

ALMANZOR.

Ah! que mal il comprend
Ce qui me ronge... là! mais qu'un soin différent
M'occupe! — ami, plains-moi; car tu juges peut-être
Après le désespoir que je t'ai fait paraître
Que par ce dernier coup dont tu m'as menacé
De l'infortune en moi le comble est dépassé.
Certes, ce que tu sais et ce que tu supposes
Seraient à ma douleur d'assez illustres causes :

Mon trône anéanti, ma patrie et les biens
De mes aïeux livrés en proie aux vils chrétiens,
— Tant d'amis dispersés, d'espérances rompues, —
De la déroute enfin toutes les hontes bues,
Puis, ces fers, ce cachot, ce supplice infamant,
Le remords qui me suit, et l'amer sentiment
De l'exécration qui s'en va dans l'histoire
Chez nos derniers neveux peser sur ma mémoire!
Va, tout cela n'est rien, ce n'est que le dehors;
Le pire est au dedans. — Comme un tas de bois mort
Qui sitôt pris de flamme aussitôt se consume,
Je ne suis qu'un brasier dont la cendre encor fume!
Hors l'amour qui me brûle, en moi tout est fini,
Tout est cendre; — et mon âme aux bords de l'infini
Qui prête à s'envoler tient son aile étendue,
Ne soupire qu'après sa Méryem rendue!...

Il se cache la tête dans les mains; silence.

Maintenant que tu vois, que tu sais, comprends donc
Sur quel foyer d'enfer tu jettes le brandon
Quand tu viens m'annoncer la hâte et la furie
Qui poussent le Chrétien sous les murs d'Almérie.
Mais l'objet qu'il poursuit, malheureux, le sais-tu?
C'est Méryem! Il a son portrait, — je l'ai vu! —
Sur le corps de son frère il l'aura pris sans doute,

4

Cela t'étonne?... Eh bien ! tu vas comprendre. Écoute :
Méryem est de sang espagnol ; ses aïeux
Étaient chrétiens ; sa mère, avec un soin pieux,
Garda jusqu'à la mort deux bijoux de famille
Qui passèrent aux mains du fils et de la fille ;
De ces deux médaillons, celui qui renfermait
Le portrait de la sœur et qu'avait Mohammet,
Tu sais à quelle fin don Alvar le conserve ;
Méryem garde l'autre !... Eh ! ne faut-il qu'il serve
A la faire connaître ?... Or le Comte entrera
Bientôt dans Almérie et la reconnaîtra !...
Est-ce clair ?... Et sais-tu, pour l'objet qu'il convoite
Quel succès il attend de la clémence adroite
Dont il use envers vous ? peut-être espère-t-il
En trouver un, d'esprit moins ferme ou plus subtil,
Qui sera mieux que vous à ses vœux exorable ?
Hélas ! est-ce une chose à ce point improbable
Que celui-là, content de trouver un biais
Pour rendre à son pays le repos et la paix,
Et, d'ailleurs, l'Emyr mort et l'âme rassurée,
Lui vienne un jour livrer sa victime espérée ?
Enfin quel autre effet ne s'est-il pas promis
Des aveux échangés entre deux cœurs amis
A cette heure suprême...

BEN-SAÏD.

Horreur!

ALMANZOR.

Souvent la ruse
Blesse les mains qui l'ont ourdie. — Ah! qu'il s'abuse,
Le perfide Chrétien, si par ma mort il croit
Qu'il en aura fini de compter avec moi...
Saïd, sur ton serment peut-on fonder créance?

BEN-SAÏD.

Un pareil doute, Emyr, ne serait qu'une offense,
S'il n'était un oubli.

ALMANZOR.

J'entends; mais on pourrait
Te trouver telle tâche où ta main faiblirait,
Le penses-tu, Saïd?

BEN-SAÏD.

A parole donnée
On ne regarde plus.

ALMANZOR.

Et si l'œuvre ordonnée,
Sans exemple, répugne à tout ce qui s'est vu?

BEN-SAÏD.

Le péril est sans gloire où l'obstacle est prévu.

ALMANZOR.

Si téméraire?...

BEN-SAÏD.

Soit.

ALMANZOR.

Cruelle, et de la sorte
Qu'il faille être barbare et sauvage?...

BEN-SAÏD.

N'importe!

ALMANZOR.

Et s'il s'agit d'un crime?...

BEN-SAÏD.

Achève. — Temps perdu!...

ALMANZOR.

Grand Dieu, soyez témoin; vous l'avez entendu!
Écoute donc l'arrêt fatal, irrévocable...;
Non, la bouche trahit. La main est implacable
Et l'écrit reste. — Approche ici ton parchemin.

Ben-Saïd lui tend ses tablettes. Il y trace précipitamment quelques mots
et les scelle de son cachet.

ALMANZOR.

Maintenant prends et pars. N'attends pas à demain.
Gagne Almérie, et là, remis de sa blessure,
Tu verras Tuzani. Son âme est ferme et sûre ;
Du palais sous sa garde il tient tous les abords ;
Tu remettras cet ordre à lui seul, — et qu'alors
S'accomplisse par vous, sans retard, sans faiblesse,
Le suprême devoir que votre Emyr vous laisse !
Qu'il en soit ainsi fait, — car c'est le dernier mot
Qu'aura scellé ma main, et que je vais bientôt
Sceller de tout mon sang !

BEN-SAÏD, jetant les yeux sur le parchemin.

Que vois-je ?... Quel délire !...

ALMANZOR.

Tais-toi. Ne sais-je pas tout ce que tu vas dire ?...
Songe, ami, si plus tard mon souvenir t'est cher,
Moins à ce que j'ai fait qu'à ce que j'ai souffert.
Quand d'autres, au récit de ma tragique histoire,
De malédictions chargeront ma mémoire,
Laisse les dire, — mais, s'il en est un d'entre eux
Qui sache ce que c'est qu'aimer, plus généreux,

4.

Celui-là donnera des pleurs à ma misère :
Qu'il se lève et m'accuse alors, — s'il ne préfère
Cent fois voir sa maîtresse expirer sous ses coups
Que vivante tomber aux bras d'un autre époux!

On frappe à la porte.

BEN-SAÏD.

O ciel! l'heure est passée...

ALMANZOR.

Encore un mot, écoute!

Tu ne sauras jamais ce qu'un tel adieu coûte...
Vois-tu? pour épargner un seul de ses cheveux
J'aurais donné ma vie et mon âme... Oh! je veux
Qu'au moins de son bourreau la main reste inconnue;
Qu'elle ignore en mourant que c'est moi qui la tue!
C'est le dernier souhait que je livre à ta foi.

BEN-SAÏD.

Tu le peux.

ALMANZOR.

Maintenant, Saïd, — embrasse-moi!

Ils tombent dans les bras l'un de l'autre. Le geôlier entraîne Saïd

FIN DU DEUXIÈME ACTE

ACTE TROISIÈME

JEUX DU HASARD

Alméric. Même décoration qu'au premier acte.

———

SCÈNE PREMIÈRE

LIBYA, seule.

Ce silence absolu de l'Emyr est bizarre,
Après vingt jours et plus! — quelque coup se prépare.
Nos troupes sont dehors, — sans Tuzani, — pourquoi?...
Estrelle aura tourné Méryem contre moi;
Je suis mise à l'écart.

Observant du côté du pavillon.

Ils viennent!...

Elle se cache dans les bosquets. Entrent Méryem, Estrelle et Tuzani.

MÉRYEM.

... Non, vous dis-je...

Écoutez, Tuzani : puisque, par un prodige,
Le ciel nous épargna l'horreur de votre mort,
Vous serez dans ces murs notre dernier support.
Résignez-vous.

TUZANI.

Madame, encor faut-il vous dire...

MÉRYEM.

Des regrets!... En est-il auprès de mon martyre?
Vous vous plaignez, — et moi, ne changerais-je pas
Mon sort au libre sort du dernier des soldats?
Misérable servante à la maison clouée!

TUZANI.

A vous servir partout ma vie est dévouée,
Mais ici, que ferais-je, isolé? — Nul péril,
Pas d'Espagnols, — et puis, un bon vent ne peut-il
Amener chaque jour les flottes marocaines?
Nos courriers sont partis, voilà plusieurs semaines...

> Méryem se laisse aller avec accablement sur un banc le long de la balustrade.

MÉRYEM, rêveuse.

Voyez-vous sous le ciel cette bande d'azur
Qui ferme l'horizon d'un implacable mur?

Quand après tant de jours que mon regard se lasse
A la suivre, inquiète, interrogeant l'espace,
Au passage implorant chaque souffle des airs
D'amener une voile en ces brillants déserts,
Rien, rien !... pas un point blanc à tromper mon attente !...

UNE VOIX, chantant dans les bosquets.

Vents qui jouez d'une aile errante
Autour des flots d'Alamani,
Volez avertir son amante !
Sur un lit de pourpre sanglante
Est couché le fier Tuzani.

La plaie ouverte, on voit la garde
Du poignard qui l'a traversé.....

Au nom de Tuzani, Estrelle a couru vers les bosquets. Elle ramène Libya.

ESTRELLA, bas.

C'est elle !...

Haut.

On vous entend ; n'y prendrez-vous pas garde ?

MÉRYEM.

Que chantais-tu, Libye ?

LIBYA.

Un air du temps passé,

Maîtresse.

ESTRELLA, ironiquement.

Une légende?...

LIBYA.

Une histoire authentique.

ESTRELLA.

Avec glose et morale?...

LIBYA.

Oui, morale pratique.

MÉRYEM.

Va, fais-nous ton récit.

ESTRELLA.

Madame?...

MÉRYEM.

Laisse-là.

ESTRELLA.

Bas à Lybia.

Évitez certains noms.

LIBYA, de même.

N'ayez crainte, Estrella :
Le héros n'y meurt pas des mains d'une rivale.

Haut.

Doñe Aurore, ou suivant la chronique locale,
La perle de Tolède, — avait deux amoureux.
Ils sont nobles, galants, cités parmi les preux :
L'un est son fiancé, le comte de Saldagne;
L'autre, le plus charmant des Sarrasins d'Espagne,
Tuzani. — Le jour vient où ces deux fiers rivaux
Se provoquent au bord d'un étang dont les eaux
A l'amant malheureux devront servir de tombe.
La lutte est acharnée; — enfin le More tombe;
Et pendant qu'il est là, sur le sable, écoutant
Le souffle qui se presse en son sein haletant,
La belle sur sa trace accourt, tout en alarmes;
Elle le voit, se baisse et l'embrasse; — et ses larmes
Coulent sur ce beau front décoloré... Mais lui,
Un éclair fugitif sous sa paupière a lui :
Il songe à cette femme à tout jamais perdue,
Et soulevant sa dague, il la frappe, la tue,
Et rend l'âme.

ESTRELLA.

Oh! le lâche est à prendre en dégoût!

LIBYA.

Et pourquoi donc, Estrelle? il aimait, voilà tout.

ESTRELLA.

Si pour vous c'est aimer...

LIBYA.

L'amour sans jalousie
N'est plus qu'un corps sans âme.

TUZANI, les arrêtant pour leur montrer Méryem.

Elle est toute saisie,
Qu'avez-vous fait?

LIBYA.

Eh bien! pour bannir ses chagrins
On peut changer de ton. On sait d'autres refrains,
Gais, tendres à ravir une oreille espagnole!

TUZANI, bas à Libya.

Trêve aux méchants discours!

MÉRYEM, se relevant, à Libya.

Viens ici, tête folle,
Et de ton libre chant berce encor mon ennui!

Elle s'appuie sur l'épaule de Libya, qui fredonne en l'accompagnant.

LIBYA.

Zoraïda, belle inhumaine,
Tu restes sourde en ton réduit,
Hélas! et ma voix monte vaine
Dans le silence de la nuit.....

Toutes sortent.

SCÈNE II

TUZANI, seul, les suivant de l'œil.

Pauvre femme!... quel fiel chez l'autre, que de haine!...

Apercevant Estrella qui revient sur ses pas.

Serait-ce vous, Estrelle?... Ah! ce nom radieux
Sied bien au doux éclat dont rayonnent vos yeux!...
Toi que les miens cherchaient dans la noire tourmente,
Astre, m'es-tu rendu?

ESTRELLA.

De ta bouche charmante,
Cavalier, on connaît le parler séducteur
Et ne suis point ici pour en leurrer mon cœur.
Suis-je sûre, après tout, qu'une autre....

TUZANI.

Quel blasphème!
Mais regarde ces yeux : ils te diront qui j'aime.
Ah! que plutôt les tiens viennent donc y puiser

5

Ce feu que ton amour n'y cessa d'attiser!
Méchante, que de fois j'ai songé, quand la vie
Par tant de coups divers pouvait m'être ravie,
Que mourir sans te voir est un si triste sort
Que c'est payer deux fois son tribut à la mort!

ESTRELLA.

Vois que ton imposture est ici manifeste!
As-tu donc oublié de quel ton, de quel geste,
A l'instant, tu briguais la faveur d'un danger
Que tu sais qu'avec toi je ne puis partager?
Dis, alors ma pensée était-elle présente?
Non, jamais je n'ouïs ta voix plus caressante,
Et s'il me faut juger le fond par le dehors,
J'ignore à quel moment, d'à présent ou d'alors,
Ton visage a le mieux joué la comédie!

TUZANI, s'efforçant de la saisir.

Viens, et que sur ta lèvre à railler si hardie
J'atteste, au moins, l'effort qu'en ce cœur combattu
Pour vaincre mon amour a subi ma vertu!

ESTRELLA, s'échappant.

Non pas!...

Se retournant.

Mais au jardin, si la nuit est discrète,

Ce soir...

Elle lui jette une clé.

TUZANI.

Ciel!... une clé!...

ESTRELLA.

De la porte secrète...

J'irai t'attendre, adieu!... Sois prudent et surtout

Prends bien garde à Libye..., elle rôde partout.

Elle s'enfuit.

SCÈNE III

TUZANI, seul.

Déjà loin!...

Entre un homme masqué.

L'HOMME.

Tuzani?...

TUZANI, se retournant.

D'où vient ce personnage?

L'HOMME.

Sommes-nous seuls?

TUZANI.

Oui. Parle et montre ton visage.

L'HOMME, lui tendant une lettre.

Prends d'abord ce papier; nous parlerons après.

TUZANI.

Le cachet de l'Emyr!

L'HOMME, à part.

Je veux lire en ses traits...

TUZANI, examinant la lettre.

Sans adresse?...

L'HOMME.

Ouvre donc.

TUZANI, à part.

Cet homme-là me guette.

TUZANI, lisant.

« *Pour Saïd et Tuzani seuls.*
» *De par l'honneur, la foi, le respect qui sont dus*

» *Au khalife très-saint, descendant du Prophète,*
» *Que, de mes serviteurs ces ordres entendus,*
      » *Ma volonté soit faite!*

» *Sitôt qu'on connaîtra le moment de ma mort*
» *Il faut dans le secret que Méryem périsse*
» *Et que par là, du moins, des souhaits d'Almanzor*
      » *Le dernier s'accomplisse!* »

— Détestable mensonge!... abominable main
Qui de telles horreurs souilla ce parchemin!
Est-ce la tienne, dis?... visage qui se cache
Pour un pareil dessein n'appartient qu'à un lâche;
Traître honteux, dégaîne, — et tu vas obtenir,
Sur-le-champ, ma réponse aux ordres de l'Emyr!

Il met l'épée à la main.

L'HOMME, se démasquant.

Regarde-moi d'abord.

TUZANI.

Saïd!... comme un faux frère
Tu voulais m'éprouver?...

BEN-SAÏD.

Viens, ami, que je serre
Ta main loyale,... hélas! il n'est que trop réel,

Cet incroyable écrit de l'Emyr, ce cruel
Et sanglant testament, ce legs, qu'en sa détresse
Du seuil de la mort même à nous deux il adresse !

TUZANI.

A nous deux ?

BEN-SAÏD.

Tu le vois : les termes sont précis.

TUZANI, relisant.

A nous seuls !...

BEN-SAÏD.

Par bonheur il prévoit un sursis ;
« Sitôt qu'on connaîtra ma mort, » — dit-il lui-même...

TUZANI.

Il suffit. — Serait-il dans un péril extrême ?...
Blessé ?...

BEN-SAÏD.

Non, captif.

TUZANI.

Fou ?...

BEN-SAÏD.

Non, son mal est plus fort,
Et le seul qui n'ait pas son remède en la mort,
La jalousie! — Il faut, ami, devant ce crime,
Plaindre le criminel autant que la victime! —
Mais on peut nous surprendre... A minuit, aux remparts,
Près de la tour du Nord...

TUZANI.

C'est dit. J'y serai. — Pars!

Ben-Saïd remet son masque et s'éloigne précipitamment.

SCÈNE IV

TUZANI, seul.

Que faire? Je m'y perds... il me passe un nuage...
Ai-je rêvé?... Mais non, — ce papier, c'est un gage
Palpable, et qui ne peut, du moins, se récuser.
Voyons...

Pendant qu'il relit le billet, entre Libya. Elle l'observe à son insu.

LIBYA.

Beau cavalier, dussiez-vous m'accuser
De troubler vos pensers par ma voix importune,

Je voudrais, s'il se peut, de vous obtenir une
Réponse, un simple mot... Avez-vous vu passer
Méryem? — Est-il rien pour vous embarrasser?...

TUZANI, brusquement.

Libya, depuis quand étiez-vous là?

LIBYA.

Sans doute
Depuis trop peu de temps pour que cela m'en coûte,
Trop encor pour l'égard où toute dame a droit.

TUZANI.

Je ne vous voyais point, Libye, — excusez.

LIBYA.

Soit;

Moi, j'ai vu.

TUZANI, vivement.

Vu... quoi?

LIBYA.

Tout.

A part.

Son embarras redouble;

Il faut payer d'audace...

Haut.

On conçoit votre trouble;
Ce billet...

TUZANI.

Quel billet?

LIBYA.

Mais celui que soudain,
Me voyant, vous avez caché dans votre main.
Quel mystère est-ce donc?

TUZANI.

Un terrible mystère,
Libya. — Prenez garde au mal qu'un mot peut faire!

LIBYA.

Oui dà! — Détrompez-vous si vous croyez qu'ainsi
De l'honneur du prochain on va prendre souci.
Donc nous verrions en vain, sous nos yeux, nos rivales
Par des propos menteurs, des ruses déloyales,
Des galants cavaliers s'attirer les faveurs
Et nous ravir la place où prétendent nos cœurs;
Il ne nous resterait pour unique allégeance
Que l'espoir caressé d'une libre vengeance,
Et ce juste retour des affronts dévorés
On voudrait nous l'ôter encor...

5.

TUZANI.

Vous ignorez,
Malheureuse, jusqu'où votre fureur s'adresse ;
Songez...

LIBYA.

Et c'est à moi que pour votre maîtresse
Vous demandez respect. Devrais-je...?

TUZANI.

En vérité,
Libye, un tel soupçon ne m'est pas mérité.

LIBYA.

Vous usez tour à tour de ruse et de menace ;
C'est trop. — Soyez content... — On vous cède la place.
Mais si d'un rendez-vous en secret vous vouliez
Tenter l'occasion, — moi, je veille, — veillez !

Elle sort.

SCÈNE V

Pendant que Tuzani poursuit Libya avec des gestes de supplication,
Estrella est entrée. Elle a entendu les derniers mots.

ESTRELLA.

Un rendez-vous !... Le fourbe ! il tient encor la lettre....

Elle s'avance à pas de loup derrière Tuzani et lui arrache prestement le
papier des mains.

TUZANI, surpris.

Ah!... c'est vous...; ce papier, — il faut me le remettre.
Donnez, — au nom du ciel !

ESTRELLA.

Je le lirai d'abord.

TUZANI.

N'en faites rien, Estrelle!

ESTRELLA.

Ah! Vraiment?...

TUZANI.

C'est un sort.

Tout m'accable... Écoutez! — je ne saurais attendre,
Ce papier...

ESTRELLA.

Eh bien, non! — je ne veux pas le rendre.
Oh! je connais la ruse et le trouble où t'a mis
Ce rendez-vous secret dont l'espoir t'est promis...

TUZANI.

Un rendez-vous secret, grand Dieu !...

ESTRELLA.

J'ai vu ton Africaine;
Certes, de ta ferveur elle a droit d'être vaine!

TUZANI.

Mais c'est de la folie... Allons, finissons-en,
Ce papier...

Il la saisit au corps et s'efforce de reprendre le billet.

ESTRELLA.
Non!

TUZANI.
Alors!...

Ils luttent.

ESTRELLA

Quoi! la force à présent?...

Elle crie.

Ah!...

Le billet se partage entre leurs mains.

SCÈNE VI

Entre MÉRYEM.

MÉRYEM.

Quel bruit!... Et c'est vous, sous le toit de la veuve!...
Étiez-vous donc si las de quelques jours d'épreuve

Qu'il vous fallait troubler de vos éclats un seuil
Consacré doublement, — de respect et de deuil?
Ces papiers dans vos mains...

TUZANI, consterné.

Malheur !...

MÉRYEM.

Je vous l'ordonne,

Montrez !

ESTRELLA.

Voici le mien. Tel que je te le donne,
Il est intact, maîtresse, et ne sais rien de lui
Sinon l'injuste affront qu'il m'attire aujourd'hui.

MÉRYEM.

C'est bien. Retirez-vous, Estrelle.

Estrella sort.

TUZANI, à part.

Infortunée !

Voilà donc que ta main sur toi-même acharnée
Tient la fatale chaîne à ses premiers anneaux !

Il considère le billet.

De quoi me servirait d'en cacher quelques mots,

Si, comme la vipère en cent tronçons rompue,
Chacun d'eux a gardé le noir venin qui tue?...

Haut et tendant à Méryem les morceaux du parchemin.

Reine, j'obéis... Mais, si tu m'en crois, avant
D'y jeter un regard, tu livreras au vent
Ces papiers de malheur... Un jour viendra peut-être
Que tu voudras donner pour ne les pas connaître
Cent fois plus qu'aujourd'hui tu n'as fait pour les voir!

MÉRYEM.

Cet écrit me concerne?...

TUZANI, troublé.

Oui, c'est... Tu vas savoir...

Quelque ennemi secret menace ici ta vie...
Un poison!... oui, j'ai craint qu'Estrella ne déplie
Ces feuillets infectés d'un horrible venin
Qu'un démon tentateur a placés sous sa main.
— De là nos indiscrets débats. — Hélas! pour elle,
Comme pour toi, la vue en eût été mortelle!
Que dirai-je?... Imagine un concours inouï
De ces fatalités dont l'œil est ébloui,
La raison confondue,... enfin mets en balance
Tant de périls obscurs dont l'humaine prudence

Ne saurait te défendre... et le peu qu'à tes yeux
Il en pourra coûter de céder à mes vœux !

MÉRYEM.

Le détour est étrange...

TUZANI.

Étrange..., certe !... Écoute,
Écoute-moi, maîtresse... Oh ! je comprends ton doute...
Je prie à genoux... Vois !...

Il se jette à ses pieds.

Ne me connais-tu pas ?
Mais j'assistai ton frère à ses derniers combats ;
C'est moi qu'il appelait dans la mêlée ardente,
Moi vers qui se tournait sa paupière hésitante,
Quand son œil oppressé des ombres de la mort,
Ne voyait plus le jour et le cherchait encor !
Mais de mon dévoûment s'il faut d'autres indices,
Tu peux compter ici toutes les cicatrices
Dont le fer des chrétiens a sillonné mon front :
A ces marques d'honneur voudrais-tu faire affront ?
Et même la dernière encor n'est pas fermée
Que j'ai déjà voulu, retournant à l'armée,
Rendre à tes ennemis un sang qui n'a point dû

Par d'autres que par eux être ici répandu !...
— Vois où j'en suis réduit, quand ma fierté tolère
Que des plus saints devoirs je brigue le salaire !...
— O maîtresse chérie, au nom de ton époux...

MÉRYEM.

Soit, — c'est lui seul qui va prononcer entre nous.
De ton émotion je n'ai pu me défendre
Et je veux bien remplir tes vœux, sans les comprendre.
Mais avant de jeter la lettre, — il faut prouver
Que le nom de l'Émyr ne doit pas s'y trouver,
Sinon... Je vois ton trouble... A présent je suis sûre.
Il suffit. — C'est assez de ruse et d'imposture.
La lettre est d'Almanzor ; — dût m'écraser le ciel,
Je la lirai !

TUZANI, se relevant.

Destin, ton arrêt est cruel !...

MÉRYEM, lisant après avoir rajusté les morceaux du billet.

« Il faut dans le secret que Méryem périsse ! »
Et que par là, du moins, ton souhait s'accomplisse !...
Almanzor, tu l'as dit !... Ah ! c'est avec raison
Que tu me faisais peur, Tuzani, d'un poison.
Las ! au prix de l'erreur que ces mots m'ont ravie,

Le poison serait doux : — il n'ôte que la vie !

Mais j'y songe..., comment cet ordre est-il ici ?

Depuis quand ?... Imposteurs, et vous saviez ainsi

Votre Emyr prisonnier, et c'est moi, moi, la reine

Et l'épouse et de tous maîtresse souveraine,

A qui seule on voulait cacher ce coup du sort !

Que sais-je, enfin ? — Peut-être à cette heure il est mort,

Il est mort, n'est-ce pas ? Réponds !...

TUZANI.
Je vous l'atteste,

Hors ce maudit billet j'ignore tout le reste.

C'est ici qu'à l'instant l'avis m'en est venu

De Ben-Saïd. Comment, sans être reconnu,

A-t-il franchi la porte, et, masquant son visage,

De l'Emyr jusqu'à moi fait passer le message ?

A peine je l'ai vu que vous apparaissez,

Vous, Libye, Estrella, tour à tour, — et ne sais

Quand voudra le Destin que je reprenne haleine

Sur cette obscure route où sa main me promène !

MÉRYEM, qui ne l'écoute plus.

O tigres échappés du désert africain,

Maudits, fils de maudits, digne sang de Caïn !

Oui, je vous reconnais ; vos instincts sanguinaires

N'ont pas dégénéré des hauts faits de vos pères ;
Toujours il vous faudra des grilles, des remparts,
Un horrible appareil de lacets, de poignards,
Pour servir de garants à vos âmes jalouses
De la fidélité de vos tristes épouses ;
Et vous ne savez pas de philtre plus puissant
A vous garder l'honneur, que de verser le sang !
Devais-je l'oublier?... Malheureuse qui fie
Sur la foi de tels cœurs le rêve de sa vie,
Et crut, en se donnant, obtenir en retour
Un peu de ce qui fait le véritable amour !...
Mais toi, vil instrument d'une âme encor plus vile,
Pour accomplir son vœu qu'attend ta main servile?
A répandre mon sang ton honneur est lié ;
Si ce n'est par devoir, que ce soit par pitié,
Frappe, esclave ; — obéis, bourreau !

TUZANI.

Tu pourrais croire?...

MÉRYEM.

Qu'est-ce à dire? — Tais-toi. L'ordre est clair et notoire.
Va ! — mais, vivant ou mort, songe que c'est l'Emyr
Qui commande : à présent, comme dans l'avenir,
J'entends que de tout point sa volonté soit faite !

TUZANI.

C'est trop cruel...

MÉRYEM.

Va donc!

TUZANI.

Mais...

MÉRYEM.
Je te le répète,

Va!

Tuzani sort.

SCÈNE VII

MÉRYEM, seule.

Maintenant éclate, ô mon cœur, laisse à flots
S'épancher ta colère à travers mes sanglots!

Pourquoi l'aimer, — goûter à cette source amère?...
Oh! je voudrais n'avoir pas vécu, que ma mère
Eût étouffé ma vie et ma flamme en naissant,
      Et garder ma chimère,
Et croire que son cœur est encore innocent!

Je savais tous les coups que le Sort nous prépare,
Qu'il n'est rien ici-bas que la mort ne sépare,
Que le nombre est sans fin des maux qu'il faut souffrir,
> Mais non pas qu'un barbare
Voudrait m'empoisonner la douceur de mourir !

Va, si pour contenter ta sanguinaire envie
Il fallait que ta mort de ma mort fût suivie,
Ne croyais-tu donc pas tant de soins superflus,
> Ingrat, et que ma vie
N'eût pas duré longtemps où tu ne serais plus?

Allons ! que par tes mains ta Méryem périsse !
Moi-même en ce dessein je serai ta complice :
Exauce ici, mon Dieu, le dernier de mes vœux !
> Que ta bonté propice
Change l'ordre des coups réservés à nous deux !

Sur le compte des jours que ta main nous mesure,
Prends d'abord tous les miens, donne-les au parjure :
Qu'il vive de ma mort, qu'il vive assez pour voir
> Comment de son injure
Une femme espagnole accomplit le devoir !

> Elle rentre dans le pavillon.

FIN DU TROISIÈME ACTE

ACTE QUATRIÈME

VENGEANCE ESPAGNOLE

Devant Almérie. — La tente de don Alvar. — Même décoration
qu'au second acte.

———

SCÈNE PREMIÈRE

Portières ouvertes; au dehors, une haie de soldats espagnols sous les
armes. Le comte est entouré de ses chevaliers; devant lui Tuzani,
qu'on vient d'introduire.

DON ALVAR.

Approchez, cavalier. J'écoute sans rancune,
Parlez sans crainte. Il faut plier à la fortune :
Venez-vous m'annoncer qu'Almérie aux abois
Va nous ouvrir ses murs et recevoir la croix?

TUZANI.

Avant d'en supporter l'affront, Comte, j'ignore
A répandre de sang ce qu'il lui reste encore;

Mais la proie est bien belle, et pour la renchérir
C'en est toujours assez qu'il nous reste à mourir!

DON ALVAR.

C'est parler fièrement, chevalier. Or j'écoute
Quel objet vous amène, et ce n'est pas sans doute
Pour donner des leçons que vous êtes ici :
N'est-il dans votre esprit de plus pressant souci?

TUZANI.

Dieu seul a dans ses mains le secret de la vie;
Il mesure à son gré l'effet dont est suivie
La minute où je parle, et nous ne savons pas
Lequel, More ou Chrétien, il veut courber plus bas;
Ni de nous deux...

DON ALVAR, avec hauteur.

Au fait!

TUZANI.

On dit dans notre ville
Que dans ce jour funeste où le Destin par mille
Fit tomber devant vous la fleur de nos guerriers,
Et, pour faveur suprême après tant de lauriers,

Vous livra notre Emyr, tous ceux dont la vaillance
Ne put à ses côtés trouver la récompense
D'une mort glorieuse, à ce grave moment
Où le cœur du plus fier devient le plus clément,
D'une condition librement entendue
Vous fixâtes le prix de la grâce rendue
A tants d'illustres chefs que le sort des combats,
Désarmés, impuissants, plaçait sous votre bras.
Vous jurâtes le Christ, le salut de votre âme,
Qu'un jour si dans vos mains, morte ou vive, une femme,
Pour unique rançon, était remise, alors
D'une injuste colère apaisant les transports,
Heureux de n'emporter pour butin que ses charmes,
Vous tourneriez ailleurs la pointe de vos armes.
Vous avez juré, Comte, ou, du moins, on l'a dit?...

DON ALVAR.

On dit vrai. Poursuivez. — Cette femme?...

TUZANI.
Elle vit.

DON ALVAR.

Là verrai-je?

TUZANI.

A l'instant, si vous rendez nos frères.

DON ALVAR.

Celle dont vous parlez, celle que mes prières
Redemandaient au ciel pour prix de mes efforts,
Celle que je cherchais à travers mille morts,
Celle qui m'a sauvé du fer d'un traître, — celle
A qui dans le transport d'une heure solennelle
Je promis le rachat de tous mes prisonniers,
Elle est dans Almérie, entre vos mains...

TUZANI, lui tendant un médaillon.

Voyez!
Ce cadre est vide, mais il est frère du vôtre.

DON ALVAR, reconnaissant le médaillon.

O ciel!

TUZANI.

L'un peut tenir la promesse de l'autre.

DON ALVAR, avec transport.

Blason de mes aïeux, c'est vous que je revois!
C'est vous, saintes couleurs, vous, telles qu'une fois
Autour de ce portrait vous m'êtes apparues,
Messagères du ciel à mon aide accourues!

A votre oracle obscur je livre mon espoir !
— Qu'exigez-vous de moi ?

TUZANI.

Vous devez le savoir,
La teneur d'un serment : De ce portrait fidèle
Sitôt qu'on aura mis en vos mains le modèle,
Appelez vos captifs, notre Emyr...

DON ALVAR.

Celui-là,
Pour la foi que son bras lâchement viola
Doit rester excepté.

TUZANI, prêt à se retirer.

Alors sans davantage....

DON ALVAR.

Un moment...

TUZANI.

Choisissez : otage pour otage.

DON ALVAR.

Non, car bientôt...

TUZANI.

Jamais. Vous aurez le regret
D'avoir de son destin précipité l'arrêt ;
Quand sur nos murs croulants, expirante, éplorée,
Elle tendra vers vous sa main désespérée
Et qu'elle versera tout le sang de son cœur
En expiation d'une aveugle rigueur !
Que si quelque remords émouvait vos entrailles
Devant cet holocauste offert sur nos murailles,
Si, suppliant alors, vous vouliez aux corbeaux
Disputer, en retour, je ne sais quels lambeaux
De ce corps dont vos mains n'auront eu que l'image,
Puissiez-vous, sans horreur, retenir au passage
De larmes et de cris et de débris sanglants
Ce qu'à travers les airs en porteront les vents !

DON ALVAR.

Tu triomphes, païen !... Mais ton piége est infâme ;
Mentir, assassiner, passe !... mais d'une femme
Se faire un bouclier, c'est horrible !... Il fallait
M'en douter, et juger au maître le valet.
N'importe ! vous pouvez préparer votre échange,
J'engage ma parole, allez !

TUZANI, à part.

Quel charme étrange

A soudain captivé ce lion rugissant ?
Comme sous ta menace il a changé d'accent,
Méryem ! qu'as-tu fait, que veux-tu faire encore ?...

Il sort.

SCÈNE II

DON ALVAR se retourne du côté des CHEVALIERS
qui remplissent la tente.

DON ALVAR.

C'en est fait. Nous partons, demain, avant l'aurore :
C'est l'arrêt du Seigneur, c'est l'ordre de mon vœu.
La guerre, ô mes amis, n'est pas ce triste jeu,
Ce barbare instrument d'injuste violence
D'où les hommes pervers osent prendre licence
Pour faire à de gains vils profiter leurs exploits :
Il est pour nous, Chrétiens, de plus sévères lois ;
Nous sommes serviteurs d'une cause plus sainte ;
Nos bras par le devoir enchaînés sans contrainte
N'obéissent qu'au Dieu tout-puissant et jaloux
Qui dispense ou retient la vigueur de leurs coups !

Il prend à part don Lope.

Lope, achevez sans moi... Mon cœur bat. Quel martyre !
Ai-je bien fait ? pourquoi me lier...? Ah! le pire
De nos maux est le doute! Attendez... La voici !...
N'agissez pas avant que tout soit éclairci,
Et surtout gardez l'œil ouvert sur notre proie !

> Méryem, voilée de noir, paraît au seuil de la tente ; pendant qu'elle congédie Tuzani et ses femmes, le comte fait un signe et les portières se referment. Tous deux restent seuls.

DON ALVAR.

Quel que soit le destin qui vers moi vous envoie,
Heureux ou malheureux, madame, votre front
N'a pas d'un chevalier à redouter d'affront;
Levez ces voiles noirs...

MÉRYEM.

Comte, ôtez-vous de peine;
L'attente de vos yeux n'aura point été vaine.
Celle de qui l'image a passé dans vos mains
Pour jouet misérable à vos jeux inhumains,
Vous la pouvez ici reconnaître...

> Elle écarte son voile. Don Alvar la contemple avec ravissement.

DON ALVAR.

Ah! bénie
Soit cette heure où le ciel, en sa grâce infinie,
Incarne à mes regards l'angélique beauté,

L'obscure vision de mon rêve enchanté,

Et semble, par avance, inonder mes paupières

D'un éblouissement des célestes lumières!

O Maria, ma sœur, car il vous appartient,

Ce nom fait pour toucher le cœur de tout Chrétien,

Et celui qui permet que votre front s'incline

Sous l'invocation de la Vierge divine

Voulut par là marquer à des signes certains

La grâce réservée à vos futurs destins!

O vous, apprenez donc que vous n'étiez pas née

Pour vivre de païens esclave infortunée

Et sous leur joug mourir, dans l'opprobre et l'erreur.

Hélas! de votre sort vous ignorez l'horreur,

Et qu'en ce jour enfin leur haine inassouvie

Faisait, à leur profit, marché de votre vie!

MÉRYEM.

Et sur quoi jugez-vous que j'ignore un traité

Qu'à mon ambassadeur moi-même j'ai dicté?

DON ALVAR.

Qu'entendez-vous par là?

MÉRYEM.

C'est que votre Marie,

6.

Pour vous combattre, était reine dans Almérie ;
Aujourd'hui sans couronne, esclave, elle est encor,
En dépit de vos noms, l'épouse d'Almanzor !

DON ALVAR.

Malheureuse !... Ah ! plutôt c'est bien moi qu'il faut plaindre.
Grand Dieu ! de tous les coups que je croyais à craindre
Ce coup est le dernier et le moins attendu.
Vous, femme de l'Emyr ?... ai-je bien entendu ?
De quel présage affreux vos paroles sont pleines !
Soupçonnez-vous quel sang a passé dans vos veines ?

Méryem fait un signe d'assentiment, sans un mot.

Quoi ! vous savez quel fut votre aïeul, à quel rang
Il marchait aux côtés de nos rois chrétiens, grand
De Castille, et de race entre toutes si fière
Que jamais ne se vit devancer sa bannière ;
Trop plein d'un fol orgueil, abusé sans retour
Par les yeux d'une femme infidèle, à la cour
Des Musulmans il vint demander un refuge ;
C'est là qu'il a vécu de longs jours, et, transfuge
De l'honneur et du nom paternels, rénégat,
C'est là qu'à ses enfants, en mourant, il légua
Mêlée avec son sang sa tache originelle ;
Mais de ce même sang moi rejeton fidèle,

Moi guidé jusqu'à vous par la main du Seigneur,

Je viens laver la honte et restaurer l'honneur ;

Reconnaissez-moi donc. De cette sombre histoire

Si quelque écho lointain vibre en votre mémoire,

D'où vient qu'à ce seul nom de frère et de Chrétien

Vous ne ressentez pas un trouble égal au mien ?

Et si la voix du sang n'était pas assez forte,

Songez que Dieu lui-même a voulu...

MÉRYEM.
                                        Que m'importe !

DON ALVAR.

O puissances du ciel, venez me retenir !

Arrêtez sur son front mon bras prêt à punir !

Saints Anges qui d'en haut entendez ce blasphème,

Aux lèvres du Seigneur suspendez l'anathème !...

Vous, doña Maria de Mendoce, écoutez :

Je ne vous parle pas du sang dont vous sortez ;

Vous êtes mon esclave et sans plus ; — votre tête

Doit se courber au joug que lui fait ma conquête.

Il faut, hors de ce cœur, et pour jamais, bannir

D'un passé plein d'horreurs tout, jusqu'au souvenir !

Où je vous mène, aller, sans pleur, sans cri, sans lutte ;

Sinon... si votre orgueil contre mon gré se bute,

C'est au fond d'un cachot, dans la nuit d'un couvent
Que j'ensevelirai mon déshonneur vivant.
Là de ce corps brisé sous le fouet du cilice
J'entends racheter l'âme et lui faire propice
Un Dieu dont vos péchés allument le courroux !

MÉRYEM.

Alvar de Mendoça, mon cousin, savez-vous
D'où me vient cette ardeur qui dans ces yeux-là brille?
N'y connaissez-vous point le sang de la famille?
Pensiez-vous, à les voir, que j'aurais acheté
La honte de vos dons par une lâcheté?
    Eh bien! puisque le sort qui m'a fait prisonnière
M'oblige à vous ouvrir mon âme tout entière,
J'attesterai celui que j'ai pris librement
Pour mon époux, mon roi, mon maître et mon amant.
Car je suis celle-là qui pour s'être donnée
Une fois, à jamais se maintient enchaînée,
Et qui n'a pas d'honneur, de force, ni de loi,
Ni de Dieu... qu'elle mette au-dessus de sa foi!
Si vous pouviez savoir de quelles dents de flamme
La passion trompée étreint un cœur de femme,
Comme de leur morsure on ne sent tout l'effet
Qu'à ces cruels moments où notre amour est fait

De honte et de fureur, de remords et de rages,
Et de tout ce qu'un sein peut enfermer d'orages!
Ah! qu'un pareil amour planté dans notre cœur
Y jette ses rameaux à trop de profondeur
Pour que jamais vos fers, vos carcans, vos cilices,
Ni ce que vous pourrez entasser de supplices
Sur un corps délicat, l'en puissent arracher!

BON ALVAR.

La malédiction vient à moi s'attacher!...
Quoi! de tous mes projets faut-il craindre l'issue,
Briser mon espérance aussitôt que conçue,
Et que Dieu ne m'ait fait un destin aussi beau
Que pour voir s'écrouler mon rêve de plus haut!
Seigneur, ma voix vers vous monte et se désespère;
Ne m'abandonnez pas au cri de ma colère;
Est-ce à moi de venger un forfait odieux
Sur celle dont mes yeux n'osent chercher les yeux?

MÉRYEM, se rapprochant.

Qu'attendez-vous?... Demain n'aura pas de surprise;
Loin que de nous unir, notre sang nous divise;
De vous, jamais d'oubli; de moi, nul repentir;
Et l'abîme entre nous ne pourra que grandir!
Mon cousin, mon cousin, je plains votre détresse

Mais comprenez aussi le devoir qui me presse,

Et sur ce que de peine il vous plut endurer

Au soin de votre honneur, vous pouvez mesurer

Avec quelle âpre, ardente, inexorable envie,

Elle se jette à genoux.

J'apporte à mon amour l'offrande de ma vie!

Ce misérable corps que je jette à vos pieds,

Prenez-le, et sans retard l'achevez! — Déliez,

Déliez le lien qui le retient au monde!

Hélas! qu'à mon appel votre pitié réponde

Et me ferme à jamais les clartés de ce jour

Dont à mon pauvre cœur Dieu fit le poids trop lourd!

Elle reste prosternée, ensevelie sous ses voiles.

DON ALVAR.

Plus que vous ne croyez, oui, vous serez contente;

Le coup que vous bravez passera votre attente,

Pauvre femme égarée, — et bien plus que la mort,

Ce coup va séparer votre sort de mon sort!

Détachant le médaillon qu'il porte au cou.

Et toi qui n'as servi qu'à flatter ma chimère,

Toi dont l'appât menteur a rendu plus amère

L'erreur où s'était plu mon courage abusé,

Faux portrait, sois maudit!... d'un grand espoir brisé

Disparaisse avec toi l'illusion dernière,

Et, comme ces débris écrasés en poussière

Sous mon talon de fer, par cent lambeaux errants

Se dispersent les nœuds qui nous firent parents!

Il brise le médaillon sous ses pieds.

Désormais cette femme est pour moi sur la terre

Bien moins qu'une ennemie, une vile étrangère!

Plaise au ciel qu'en un jour d'angoisse ou d'abandon,

Du Christ qu'elle renie invoquant le pardon,

Seule dans un désert, sa voix crie en vain : Grâce!

Oh! que puissé-je alors, la regardant en face,

Jeter à son malheur un défi méprisant,

Et de rage, à mon tour, lui renier son sang!...

Don Lope..., ouvrez à tous!

Il se retourne brusquement et frappe sur un timbre.

SCÈNE III

Les portières de la tente se rouvrent : d'un côté les Espagnols entourent ALMANZOR et les autres prisonniers; de l'autre, les femmes et les MORES de la suite de MÉRYEM. Au fond, les remparts d'Alméric.

DON ALVAR, à Méryem, qui n'a rien vu.

Relevez-vous, madame;

Ne voyez-vous donc pas qu'un époux vous réclame?

ALMANZOR, dans le fond.

Qu'entends-je?

DON ALVAR.

Les captifs sont libres. Je fais plus :
Je leur rends les seuls biens qui m'étaient dévolus,
Tous, — jusqu'au triste prix de leur rançon dernière !

A Almanzor.

Dieu te gardait, Emyr, la faveur singulière
De voir un ennemi te céder aujourd'hui
Ce que jamais ton bras n'aurait conquis sur lui :
Remmène cette femme où son destin l'appelle !

ALMANZOR, s'avançant.

J'écoute dans un rêve, et ma langue rebelle,
Par le désordre affreux où sont plongés mes sens,
Ne peut donner passage à ce que je ressens.
Je ne sais, ô Chrétien, quelle pitié te touche
Ni quel esprit de grâce a passé par ta bouche :
Dieu seul connaît le prix des sublimes efforts
Que coûte un tel pardon à l'âme des plus forts;
Mais moi, qui par ce trait d'une clémence insigne,
Reçois une faveur dont je n'étais plus digne,
J'atteste aussi ce Dieu qui doit nous juger tous !
Vaincu par ta bonté, fléchissant les genoux,

Je dépouille à tes pieds mon orgueil et ma haine ;
Souffre que sur ta main...

Il pose un genou en terre et saisit la main du Comte. Celui-ci la retire brusquement.

DON ALVAR.

Épargne cette peine,

Emyr, relève-toi. Ta compagne t'attend.

ALMANZOR.

Ah ! l'outrage est de trop...

MÉRYEM, se jetant entre les deux.

Ne réponds pas. Va-t'en.

M'entends-tu ? — C'est moi, viens !

Elle s'efforce d'entraîner Almanzor.

DON ALVAR, à Méryem.

Madame, prenez garde :

Songez à quels périls votre main se hasarde
En touchant une main si prompte à s'égarer !...

MÉRYEM, appuyée sur le bras d'Almanzor.

Dieu, qui joignit ces mains, peut seul les séparer !

La foule s'ouvre pour laisser passer Almanzor et Méryem.

La scène change.

Le palais de l'Emyr. Grande salle ouverte sur les galeries de la cour d'entrée. Le plafond élevé, avec ses solives peintes et ses caissons refouillés ; les faïences

7

tapissant le sol et les parois; les lourdes boiseries à compartiments sculptés; toute la décoration de cette pièce, contraste, par sa couleur puissante et bizarre, avec la perspective lumineuse du patio, dont on aperçoit, au travers des ouvertures, les sveltes arcades, les colonnes torses, les balustrades ajourées et les hauts murs blancs incrustés d'arabesques. — A gauche, une fenêtre grillagée; plus loin, une porte basse. — A droite, une autre porte, relevée de quelques marches, communique aux appartements intérieurs.

SCENE IV

Entre LIBYA. Elle court vivement à la porte basse. —
Un PAGE vient au-devant d'elle.

LIBYA.

Ah! c'est toi!... Le billet est-il à son adresse?

Le page fait un signe affirmatif.

Ils viennent?....

LE PAGE.

Tous.

LIBYA.

Et lui?...

LE PAGE.

Vient avec eux, maîtresse.

LIBYA.

Malheur!... Mais ce billet.....

LE PAGE.

Il l'a relu deux fois ;
Puis, me tournant le dos, l'a froissé dans ses doigts,
Sans un mot. Lors, voyant toute attente inutile,
Avec les deux chevaux j'ai couru vers la ville.
Ils sont là, dans la cour.

LIBYA.

Bien. Attends. — L'insensé !
Sans doute il aura cru mon zèle intéressé :
De moi tout lui déplaît.

LE PAGE, regardant par la fenêtre.

Maîtresse, le cortége !

LIBYA.

Maintenant, Tuzani, que Dieu seul te protége !...

Elle va à la fenêtre ; — acclamations du dehors.

LIBYA.

Que disais-tu ?... Regarde. Il n'est pas là... Comment ?
A-t-il pris confiance en mon avisement ?
Plaise au ciel ! — il a fui !... Dépêchons. Viens !

*Elle va pour rentrer dans les appartements intérieurs. Au même instant
Tuzani paraît dans la galerie.*

TUZANI.

Arrête.

Libye, explique-toi.

LIBYA.

Ma lettre est assez nette.

TUZANI.

Oses-tu soutenir ce que tu m'as écrit,
Un conte ridicule à me troubler l'esprit!
Donc un danger m'attend, dont toi seule es instruite,
Un danger si terrible et si prompt, que la fuite
Peut seule m'y soustraire, et déjà tout est prêt,
Le page, les chevaux!... Vraiment, qui te croirait?
Et cela dans l'instant que le ciel nous octroie
La faveur d'arracher aux Espagnols leur proie,
De rendre à Méryem un époux tant pleuré...

LIBYA, ironiquement.

Alors tu viens ici, quoique très-rassuré...

TUZANI.

Je viens..., je viens pour toi, Libya. — Je redoute
Quelque nouvel éclat de cette humeur...

LIBYA.

Écoute,

Tuzani, l'heure presse. — Un seul mot, — le dernier !
Tu m'accuses à tort. J'espérais t'éloigner,
Te sauver, — Dieu m'entende ! — et je l'espère encore.
Méryem porte ici des desseins qu'on ignore ;
Moi seule les connais. L'outrage a dans son cœur
Changé l'amour en haine et la haine en fureur ;
Elle cherche l'Emyr..., comme on cherche une épée !...
Mais lui, quand il verra, par ce coup, dissipée
Sa suprême espérance et tout son heur perdu,
Et qu'un traître a livré son secret...

TUZANI.

Que dis-tu ?

L'Emyr reconnaîtra bientôt mon innocence.

LIBYA.

Il saura donc qu'Estrelle...

TUZANI.

O ciel !...

LIBYA.

Fuis sa présence.

Crains son premier transport ; va, crois-moi, laisse un temps
A sa raison troublée...

Les acclamations se rapprochent. Tuzani semble hésiter.

LIBYA.

Hélas! tu les entends!...

Ils viennent. — Les chevaux sont là. Mon Dieu! que faire?
Je ne sais pas les mots, moi, qu'il faut pour te plaire;
Mais je veux te sauver... Pars!... et sinon pour toi,
Du moins pour ton Estrelle!... Ah! tu peux voir à quoi
J'en suis réduite!...

TUZANI, ébranlé.

Allons!...

LIBYA, au page.

Conduis-le.

Le page emmène Tuzani par la porte basse.

Je respire...

SCÈNE V

Entrent ALMANZOR, MÉRYEM et tout le cortége. Les dames seules
passent les galeries et se rangent à droite, près de la porte des
appartements intérieurs. ALMANZOR s'arrête sur le seuil et salue
la foule qui stationne dans la cour.

ALMANZOR, aux cavaliers du cortége.

Allez, et qu'avec vous la foule se retire,

Amis, laissez-moi seul !

Bas à Saïd.

Saïd, veille pour tous !

Les galeries se vident. Méryem sombre, inattentive au bruit, reste sur le devant de la scène ; Estrelle est à ses côtés. Almanzor s'approche avec embarras.

ALMANZOR.

Enfin, le ciel nous ouvre un horizon plus doux.
Au prix de tant de maux et d'affronts, que j'oublie (1),
Il me rend à la fois la lumière et la vie,
Et tous mes biens perdus ; — vous, à qui je les doi, —
Quand aucun d'eux sans vous n'aurait de prix, — pourquoi
Mêlant à notre joie une sombre pensée,
Vos yeux fuyant mes yeux, inquiète, oppressée,
Tordant vos blanches mains sous ces voiles de deuil,
M'avez-vous, sans un mot, amené jusqu'au seuil
Où peut-être s'en va, devant qu'il ne s'achève,
S'envoler mon bonheur comme l'ombre d'un rêve ?...
Un noble cœur estime aux faveurs qu'on lui fait
La grâce du présent par delà son bienfait ;
Peut-être il vous souvient d'une touchante fable :
Quand, au fond de l'Hedjaz, dans ces plaines de sable
Que labourent les feux d'un soleil meurtrier,

(1) Voir la note 4.

La caravane lasse aperçoit un laurier,
Indice encor lointain d'une source cachée,
Si par là, d'aventure, une immonde nichée
De serpents, attirés par la fraîcheur des eaux,
Sous l'onde déroulant leurs venimeux anneaux,
Change en mortel poison le breuvage limpide ;
Alors, on dit qu'alors la licorne timide
S'arrête, et, par un trait d'exquise charité,
Retournant au ruisseau qu'elle avait évité,
Elle en fouille le lit : sa corne bienfaisante
Écrase le serpent, disperse l'eau dormante
Et dessèche le lac, espoir des malheureux
Qui s'en vont maudissant l'animal généreux !
Et moi, je suis semblable à leur troupe altérée ;
J'ai vu luire, comme eux, l'oasis espérée ;
Quand, à bout des périls qui barraient mon chemin,
J'aborde haletant, — verrai-je cette main,
Qui me sauva, tromper mes forces défaillantes
Et retirer la coupe à mes lèvres brûlantes ?...

MÉRYEM.

Vous ne vous trompiez point. J'avais hâte, il est vrai,
De vous conduire ici. Maintenant tout est prêt.

Aux femmes.

Vous, fermez ces battants et laissez-nous.

A Estrelle.

Estrelle,

Tiens cette porte ouverte et m'attends.

Toutes sortent.

ALMANZOR.

Que fait-elle?

MÉRYEM.

Enfin, nous voilà seuls!

ALMANZOR.

Quel étrange regard
Tes yeux lancent sur moi!

MÉRYEM.

Je cherche le poignard,
Arbitre de ma vie, instrument de torture,
Que tu juras d'avoir toujours à ta ceinture.

ALMANZOR.

Hélas! dans un moment terrible et solennel
Je l'ai perdu.

MÉRYEM.

C'est bien. — Écoute, alors. — Cruel (1),

(1) Voir la note 5.

7.

Lâche tyran, époux barbare, amant indigne;
Dis, — criminel ou fou, que sais-je, moi? — quel signe
De grâce ou de pitié crois-tu lire en ces traits,
Et que prétends-tu donc? — Sans doute tu voudrais
Qu'après avoir gagné quelques jours à ta vie,
Moi-même désormais à te plaire asservie,
M'efforçant d'égaler ta générosité,
Je rendisse à tes vœux un tribut mérité.
Eh bien! tu fus aveugle et jugeas mal mon zèle.
Non, je ne voulus point imiter ce modèle
D'angélique vertu dont tu m'as, en ces mots,
Raconté la légende avec tant d'à-propos.
Non, tandis qu'au désert ta licorne n'a cure
De tirer quelque fruit de sa clémence obscure,
Et cache un bien réel sous un mal prétendu,
J'entends que mon bienfait me soit ici rendu;
Moi, je cache le mal sous la fausse apparence
Du bien, et te sauvant, j'assure ma vengeance.
Ma vengeance!... Ah! quel fruit en aurais-je espéré
Qui pût mieux assouvir ce cœur exaspéré,
Et que faut-il de plus, à punir un parjure,
Que payer en bienfaits le tort de son injure
Et que rendre le jour à qui nous l'eût ôté?
Va, dissipe ta crainte, ingrat! Ma cruauté

N'est point pour mettre à bas tes forces défaillantes
Ou retirer la coupe à tes lèvres brûlantes!
Tel n'est pas mon désir!... La mort, y penses-tu?
C'est la paix, le pardon, le prix de la vertu,
La palme du combat, la gloire du supplice.
Toi, mourir?... Vis encor, vis longtemps, — c'est justice!
Traîne, prolonge, achève à travers les mépris
Tes jours indifférents, dédaignés et flétris!...
Vis!... pour moi, pour ma gloire il le faut : mon envie
Est qu'on sache partout que le don de ta vie
Fut ma seule réponse à l'ordre que voilà!...

Elle tire une lettre de son corsage.

ALMANZOR.

Oh!...

MÉRYEM.

Ta lettre, elle-même,... Eh bien! reconnais-la.
Qu'a donc pour t'émouvoir sa rencontre imprévue?
Toi qui l'osas tracer, tu trembles à sa vue?
Qui creuse sur ta joue un livide sillon?
Qui fait ton œil hagard, ton visage de plomb?
Chercherais-tu comment, du fond de quel abîme
Le ciel a ressorti ce délateur du crime?...
Et qu'importe, après tout, la date, le chemin

Par où ce papier vint sous mes yeux, dans ma main ?

L'amour ne m'aurait pas à ce point délaissée

Que je ne t'eusse un jour dérobé ta pensée

Et déchiré le masque à ton front scélérat !...

Grand Dieu ! — c'est lui. — J'ai pu l'aimer. — Et qui voudra

Dans ce vil assassin reconnaître la race

Des antiques héros dont il a pris la place ?

Quelle est la fange impure ou le limon grossier

Dont cette âme est pétrie ?... Est-ce au loup carnassier,

A l'immonde vipère, à la brute stupide,

Qu'il aura pris ce goût monstrueux, cet avide

Appétit pour le sang ?... Non, l'instinct est plus fort

Chez la brute ; où vit-on que jamais de sa mort

Elle ait voulu tirer la mort de ceux qu'elle aime ?

Car il prétend m'aimer, il se vantera même

De son hideux forfait, comme d'un trait charmant

De jalousie, à mettre en couplets de roman !

Tant alors pour l'horreur que sa présence inspire

Que pour fuir le baiser de ce nouveau vampire,

Il ne resterait plus qu'à s'en faire haïr !...

Mais tu me haïras... Moi, je puis me trahir :

Je te hais, — pour ta noire, atroce et basse intrigue,

Je te hais pour l'amour dont je fus si prodigue,

Pour ce que tu n'es plus et pour ce que tu es,

Pour moi, pour mon honneur enfin,... et je te hais
Parce que j'ai besoin de haine, que j'aspire
Son souffle avec bonheur... J'étouffais, — je respire!

Elle s'interrompt comme suffoquée et recule en chancelant vers la porte, mais sans quitter Almanzor des yeux.

ALMANZOR.

Méryem, entends-moi!...

MÉRYEM.

Jamais, jamais!... J'ai pu
Quitter ces lieux, te fuir; — je ne l'ai pas voulu.
Tant qu'un souffle de vie alimente ma bouche
Je reste là, présente, invisible, farouche,
Et de ma voix au ciel sans cesse réveillant
L'implacable furie attachée à ton flanc!
— Que si tu veux, un jour, las du poids qui t'oppresse,
Chasser d'autour de toi mon ombre vengeresse,
Appelle, — aucun écho ne répond à mon nom;
Interroge, — je suis la bouche qui dit : non!
Menace, prie, insulte, — et ma langue est raidie,
Et mon oreille sourde et ce masque sans vie;
Et mes yeux dans tes yeux ne verront pas tes pleurs
Ni sur ton front ridé tes honteuses pâleurs!
Dans mes voiles de veuve étalés à ta vue

Je suis du châtiment l'impassible statue !...

Adieu. Ne franchis point cette porte, — ou sinon,

Au premier de tes pas, du haut de ce balcon

Je me jette à la mer, — à moins qu'il ne me prenne

Telle horreur à te voir près de moi, que l'haleine

Ne me manque, — et, mourant ainsi, j'accomplirai

L'horoscope fatal qui me fut déclaré :

Que sa prédiction ait été véritable

En me vouant aux coups d'un monstre épouvantable,

Puis-je encore douter... quand ce monstre, — c'est toi !...

Elle disparaît.

SCÈNE·VI

ALMANZOR, égaré.

Méryem... Méryem ! c'est elle, je la voi,

Je l'entends !... Non. Plus rien. — Seigneur mon Dieu ! rêvai-je ?

Ou suis-je le jouet d'un affreux sortilége ?...

Qui rouvre ma prison et force ses barreaux ?

Qui détache mes fers, qui m'arrache aux bourreaux,

Et ramenant mes yeux aux terrestres lumières

Promène devant eux les ombres mensongères

De mon bonheur passé ?... supplice sans pareil !

O bien plus que la mort effroyable réveil !

Quoi ! souffler sur ma flamme à peine ravivée !

La revoir et la perdre aussitôt retrouvée !

Après tout son amour n'avoir que ses rebuts !

N'être plus que l'horreur de tout ce que je fus !...

Et n'accuser que moi... Pas moi seul !... cette lettre...

Oh ! je saurai... Saïd ?

Entre Saïd.
Il te souvient peut-être

Que d'un dernier devoir je te commis le soin :

Un billet fut écrit et scellé ; j'ai besoin

De le voir. — Où est-il ?...

BEN-SAID.

Devrais-je te l'apprendre

Quand c'est toi...

ALMANZOR.

Malheureux, te l'es-tu laissé prendre ?

BEN-SAÏD.

Ta mémoire est mauvaise, Emyr ; ton ordre étant

De le remettre aux mains d'un autre...

ALMANZOR.

Je t'entend ;

Tuzani, n'est-ce pas ? — Achève !

BEN-SAÏD.

Eh! que te dire?
A peine sous un masque ai-je pu m'introduire
Jusqu'à lui. Nous devions nous revoir, hors des murs,
Sans témoins; mais en vain! les lieux n'étaient point sûrs.
Puis un cercle de fer tint la ville enfermée;
J'attendais, épiant tous les bruits de l'armée,
Quand soudain éclata l'étrange dénoûment
Que tu sais. — J'ai tout dit.

ALMANZOR.

Étrange, assurément!
Ainsi tu n'as rien vu?...

BEN-SAÏD.

Rien.

ALMANZOR.

Suis-je misérable!
Ne pas trouver ici quelque âme secourable,
Ni chez tous mes sujets un cœur assez hardi
Pour dénoncer le crime en mes foyers ourdi!...

Entre brusquement Libya.

LIBYA.

Je le ferai donc, moi!

BEN-SAÏD.

Libye?

LIBYA.

Oui, c'est Libye,
Et la dernière encore à qui ton cœur se fie!
Mais elle, à te parler n'aura point d'embarras,
Et tout ce qu'elle sait, maître, tu le sauras!

ALMANZOR.

Parle.

LIBYA.

Eh bien! ton billet, c'est Tuzani...

ALMANZOR.

L'infâme!...

LIBYA.

Non, malheureux plutôt; victime d'une femme!
Estrella, profitant d'un moment d'abandon,
A surpris le papier dans ses mains et...

ALMANZOR.

C'est bon.

Trouve-moi cette Estrelle.

LIBYA.

Impossible. Elle habite
Seule avec Méryem, qui jamais ne la quitte.

ALMANZOR.

Alors, que Tuzani...

LIBYA.

Lui? — vers le camp chrétien
Je l'ai vu s'échapper.

ALMANZOR.

Tu mens!

LIBYA.

Qui te retient?

Fais-le quérir.

A part.

Trop tard!...

BEN-SAÏD.

Te tairas-tu, vipère?

LIBYA.

J'ai dit la vérité.

BEN-SAÏD, montrant Almanzor.

Vois, — le poison opère ;
Il ne t'écoute plus.

ALMANZOR.

Hélas ! tout s'obscurcit ;
Sur mes tempes en feu le bandeau s'épaissit !...
Fers qui chargiez ces mains, noirs cachots, gémonies,
Heures au prisonnier si lentes, insomnies,
Amertumes sans fin, — ô vent froid du tombeau
Dont j'ai senti passer le souffle sur ma peau
Lorsque déjà la mort me touchait de ses ailes,
Affres des trépassés, — vous étiez moins cruelles !...
Tant de nouveaux tourments sur moi sont amassés
Que le regret me vient de tous vos maux passés !
Jusqu'où veut le Destin entraîner sa victime ?
Est-il d'autres degrés encor dans cet abîme ?...

A Ben-Saïd et Libya.

Et vous, de ma torture, odieux artisans,
Vous qui n'avez servi qu'à rendre plus cuisants
Les feux de cet enfer dont mon âme est la proie,

Allez, — à quelque rang que le ciel vous emploie,
Traîtres, amis, — mais tous bourreaux, — éloignez-vous !
Fuyez, fuyez, vous dis-je ; évitez un courroux
Dont l'aveugle transport contre moi se rebelle,
Et cette main à tous fatalement mortelle !...

Il revient à la porte où il a vu s'enfuir Méryem.

Rien ne m'est plus ! — Ce seuil est tout pour moi : l'abri,
Le refuge, le port, l'autel, le pilori,
Et le pilier sauveur que tout coupable embrasse !

Il se jette sur les marches.

Recevez-moi, degrés où je baise la trace
De ses pieds adorés qui ne reviendront plus !...
Ta chaîne ici me lie... et puisque tu voulus
Me choisir pour gardien de ta tour solitaire,
Ma Méryem, — jamais geôlier, louve ou cerbère
N'aura sur son dépôt veillé plus ardemment !...
— Mais d'où vient à mon cœur ce furtif battement ?
A quel espoir nouveau me laissai-je surprendre ?
Malheureux, c'est donc vrai, tu ne peux t'en défendre ;
Parmi tes désespoirs, tes remords, à travers
Le labyrinthe affreux des maux où tu te perds,
Je ne sais quelle joie éclate à cette idée
Que derrière les murs où tu la tiens gardée

Aucun regard humain ne la viendra chercher!...

Oh! l'hydre aux mille dents, tu n'as pu l'arracher;

Elle rôde en ton sein et quête sa pâture!...

Lâche, confesse donc que si, par aventure,

Le sort te remettait aux fers, comme autrefois,

Tu referais ton crime une seconde fois!...

Il retombe inanimé sur la dalle.

FIN DU QUATRIÈME ACTE

ACTE CINQUIÈME

PERDUS ET RETROUVÉS

Alméric. — Une aile du vieux palais. — A droite, au deuxième plan, une tour octo-
gone ; la face opposée au spectateur est percée d'une arcade moresque, la face
suivante d'une porte à perron ; à l'étage supérieur, de petites fenêtres grillagées
à la mode orientale et les appuis couronnés de pointes de fer en forme de crois-
sant. Le terrain de la scène va se relevant vers le fond, qui est coupé par une
ligne de créneaux suspendus à pic sur la mer ; entre les créneaux et la tour, un
passage conduit au pied de l'escarpement. — A gauche, un mur dont les den-
telures se détachent sur le vert sombre des jardins attenants ; porte basse au premier plan. — Derrière le mur et les créneaux, le soleil se couche dans un horizon enflammé.

SCÈNE PREMIÈRE

ALMANZOR, seul, appuyé aux créneaux. Il contemple la tour,
dont la porte est fermée.

ALMANZOR.

Toujours de ce côté mon souci me ramène :
Qu'y cherché-je ?... Est-ce moi, sur mon propre domaine,
Comme un voleur, rôdant, — moi que ces mêmes cieux
Auront vu tant de fois tranquille, insoucieux,

Étaler mon bonheur à leur sainte lumière?
Oh! maintenant, soleil, hâte-toi : va, derrière
Ce rideau teint de pourpre aux tragiques couleurs
Étouffe tes rayons qui blessent mes douleurs!
Cache à mes yeux ces murs dont tremblant je m'approche,
Voile ce seuil, muet témoin, vivant reproche
Au remords qui me navre!... Allons! vers l'horizon
Tout le ciel s'emplit d'ombre et de vague frisson;
La nuit va dérouler sa tente aux plis funèbres,
Et comme les hiboux, noirs esprits des ténèbres,
En silence émergeant de leurs nids caverneux,
Voici les visions, les rêves soupçonneux,
Tout le blême troupeau des jalouses harpies
Qui rouvrent sourdement leurs ailes assoupies
Dans ce cœur, comme toi profond, ô firmament,
Et plus que toi plein d'ombre et de tressaillement!

Il s'approche de la tour.

J'ai passé tout le jour dans l'angoisse; aucun signe,
Aucun trait de lumière encor. Telle est l'indigne
Et misérable tâche où me voilà réduit :
J'interroge, je presse, — on m'évite, on me fuit;
Même Saïd!... Pourquoi?... Plus d'un doute m'assiége.
Je crains que Tuzani n'apprête un nouveau piége.
Il dirige de loin bien des fils, — car je sais

Qu'Estrelle est encor là, dans ces murs, dont l'accès,
Comme aux damnés le ciel, m'est interdit par l'Ange!...
Et pendant tout ce temps on peut voir, — chose étrange,—
Le Chrétien, qui la veille annonçait son départ,
Garder sa tente haute en face du rempart!
Ainsi du noir filet captif, maille par maille,
A débrouiller les rêts au hasard je travaille;
Le terrible oiseleur qui me tient dans ses mains
Se joue aux vains efforts de nous, pauvres humains...;
N'importe! et n'eût-il mis aux répits qu'il m'octroie
Qu'un semblant de clémence à mieux tromper sa proie,
J'épuiserai, du moins, leur amère douceur;
Je serai le gardien, sinon le possesseur
Du trésor qu'on m'envie,... et malheur à qui passe
Dans le cercle de fer qu'autour de lui je trace!

Il écoute à la porte de la tour.

J'entends venir. Libye, est-ce toi?...

SCÈNE II

LIBYA, avec précaution.

Parlez-bas,

Un mot peut nous trahir.

ALMANZOR.

Méryem?...

LIBYA.

Sur mes pas

On descend. Prenez garde!

ALMANZOR.

Ah! dis-moi, que fait-elle?

Toujours même rigueur?

LIBYA.

Toujours. Avec Estrelle,

Qui de tous ses desseins a seule le secret,
Elle va s'enfermer; puis soudain reparaît,
Farouche, l'œil brillant, la voix brève et heurtée.
Surtout d'un soin bizarre elle semble agitée :
Elle va visiter tous les recoins obscurs,
Les portes, les balcons sur la mer, les hauts murs,
Les passages voûtés, le jardin, la terrasse;
Et même, en ce moment, elle veut que je fasse
Le tour de ce bosquet...

ALMANZOR.

C'est étrange, en effet.

Songerait-elle à fuir?

8

LIBYA.

Tuzani l'a bien fait.

ALMANZOR.

Tu crois qu'avec ce traître elle est de connivence?

LIBYA.

Comme Estrelle, ai-je donc part à sa confidence?

ALMANZOR.

Enfin que penses-tu, les voyant de si près?

. LIBYA.

·Qu'Estrelle, à tout hasard, a fait quelques apprêts.

ALMANZOR.

Mais qu'a donc cette femme, acharnée à me nuire?

LIBYA.

Vous attaquez l'amant qu'elle prétend séduire!

ALMANZOR.

Il faut donc la saisir et parer ce danger.

LIBYA.

Si c'est votre dessein, il est temps d'y songer.

Elle fait mine de s'éloigner.

ALMANZOR, la retenant.

Écoute, — par pitié! — toi seule m'es fidèle.
Tu le vois, je ne puis plus vivre ainsi, loin d'elle!
Viens à mon aide. — Il faut que cette nuit, ici,
Tu me laisses entrer et me guides... ainsi
Nous surprendrons Estrelle...

LIBYA, à part.

Enfin!...

ALMANZOR.

Une fois maître

D'elle et de son secret, nul n'osera peut-être
Se risquer à ce bordj, dont l'antique prison
N'a point des serviteurs appris la trahison;
Il est fidèle, — et puis toutes ses avenues
Par les gens de Saïd sont bien circonvenues.
Rien ne gêne et je peux, s'il te plaît, dès ce soir
Parler à Méryem, ou, du moins, l'entrevoir!...

LIBYA.

Qu'Estrella soit saisie et remise à ma garde,
C'est l'important; après, le reste vous regarde.
A l'œuvre donc! — d'abord pensons à vous cacher :
Par ici, — la mer bat dans l'anse du rocher
L'assise des vieux murs de sa grondante houle.
L'heure est bonne, voyez! — le ciel sur nous déroule
Son orbe de saphir, comme un obscur miroir;
Pas d'étoile encor ni de lune, — tout est noir.
Restez, ombre mêlée à l'ombre dont la masse
Plonge au gouffre béant; — puis, quand sur la terrasse,
Aux fentes du plus haut mirador, je ferai
Surgir une lueur, — venez — et j'ouvrirai!

Almanzor disparaît dans le passage entre les créneaux et la tour.

SCÈNE III

LIBYA, seule.

Pour nos desseins divers marchons d'intelligence,
Toi, vers ton fol amour, et moi, vers ma vengeance.
Chacun sa proie! — Ainsi tous deux nous userons
De l'ombre que cette heure épaissit sur nos fronts.
O nuit, de ces amants débrouille la querelle,

A ton gré, que m'importe!... il suffit que d'Estrelle
Tu laisses un moment le sort dans cette main,
Nous ne serons plus deux au soleil de demain!

Le rez-de-chaussée de la tour s'éclaire. Par l'arcade ouverte, on voit passer Méryem suivie de ses femmes.

MÉRYEM, avec agitation.

Fermez tout. — Qu'il fait noir! — j'ai peur...

Elle s'avance sur le perron et recule effrayée.

Oh!... cette rampe,
Le froid du fer... mon Dieu! suis-je folle?... une lampe,
Une lampe!...

Estrella accourt avec des lumières.

Ah! c'est toi!... et Libya?...

ESTRELLA.

Voyez :

Libye est de retour. Tout est calme. Essayez
D'un moment de repos, ô ma pauvre maîtresse!

Méryem s'affaisse sur les marches du perron.

MÉRYEM.

Du repos..., en est-il encor pour ma détresse?
Quel oubli, quel espoir, quel regret m'est permis?
Tous mes pensers chez moi sont autant d'ennemis,
Je crains le jour, je crains la nuit, je crains le rêve!

8.

ESTRELLA.

Dans votre plaie, hélas! vous retournez le glaive.

MÉRYEM, se relevant brusquement.

Oui, je vous oubliais, pauvres filles..., venez;
Vos yeux, comme les miens, ne sont pas condamnés
A sécher dans les feux d'une éternelle veille!

Imposant familièrement la main sur la tête des jeunes suivantes.

— Dieu garde ces beaux fronts d'une veille pareille!
Rentrons.

LIBYA.

Et maintenant, malheur à qui s'endort!

Toute la scène est dans l'obscurité.

SCÈNE IV

La porte du mur s'ouvre discrètement. Au seuil apparaissent deux cavaliers enveloppés jusqu'aux yeux de grands burnous. Ils s'avancent
avec précaution.

TUZANI.

Nous voici maintenant dans la place; — et d'abord
Qu'avant de faire un pas plus loin, je vous arrête,

Comte. Vous l'avez vu, cette porte secrète,
— Dont la clé dans un temps plus heureux avait dû
M'ouvrir à d'autres fins ce jardin défendu, —
Ce turban, ce burnous recouvrant votre armure,
La noirceur de la nuit, et le lointain murmure
De la mer étouffant les échos sous nos pas,
Tout nous a secondés, grâce au ciel! — sans combats
De nos desseins secrets le reste pourra suivre.
Ainsi donc je remplis ma promesse, et vous livre
Passage, si, du moins, vous n'êtes oublieux
Du pacte qui permit votre entrée en ces lieux.

DON ALVAR.

Je pourrais m'étonner d'un tel doute, et la peine
Qu'il semble vous causer est assurément vaine :
Quittez donc un souci superflu dont le soin
Nous a trop retardés. Marchons!

TUZANI.

                            Qui n'a besoin
De consulter sa tête avant son bras? — Le sage
Est comme un mendiant aveugle qui n'engage
Le pied qu'après la main. Sachons comment sortir,
Nous entrerons ensuite.

DON ALVAR.

Avant que de partir
Il fallait alors mieux tâter votre courage.
Le scrupule est vraiment singulier quand l'ouvrage
Est plus d'à moitié fait.

TUZANI.

Vous m'entendrez pourtant;
Ou s'il en coûtait trop à votre sang ardent,
Retournons, — puisqu'encor le retour est possible.

DON ALVAR.

Jamais.

TUZANI.

Soyez dès lors jusqu'au bout impassible!...
Nous avons résolu d'enlever cette nuit
Estrelle et Méryem, — seuls, sans éclat, sans bruit; —
C'est vrai. J'ai pris sur moi de mener l'aventure.
Mais j'entends me garder de toute forfaiture,
Et s'il fallait qu'ici l'un de nous fût entré
Pour un dessein secret et de l'autre ignoré,
Puisse le bras de Dieu faire, avant qu'il n'en sorte,
Litière de son corps au seuil de cette porte!...

Donc, au fourreau l'épée, au fourreau le poignard !
Et sitôt l'œuvre faite, ensemble, à tout hasard,
Il faut gagner ce mur, d'où, sans alerte aucune,
Nous rejoindrons le camp au lever de la lune.
Là, vous avez promis asile aux fugitifs :
Dans vos loyales mains hôtes mais non captifs,
Ils doivent, précédant votre armée, au plus vite
Des terres de l'Emyr dépasser la limite,
Enfin, sous la teneur d'un serment respecté
Abritant leur amour, leur foi, leur liberté,
Sur le sol étranger refaire leur patrie !

DON ALVAR.

Soit. Je le jure encor.

TUZANI.

— Votre main, je vous prie, .
Comte. Dieu nous entende et nous protége ! — Entrons !

SCÈNE V

Ils s'approchent de la tour. TUZANI s'arrête,

TUZANI.

Quelqu'un ! — j'entends crier la porte sur ses gonds...,

Rangez-vous. — Libye!...

Libya sort de la tour. Tuzani la saisit par le bras.

LIBYA.

Ah!...

TUZANI.

Tais-toi, malencontreuse!

LIBYA, plus bas.

Tuzani,... toi!... vraiment, ton audace est heureuse!
Insensé, que fais-tu? — C'est la mort qui t'attend;
L'Emyr veille. Retourne! — il suffit d'un instant...
Tout est perdu, crois-moi, pour peu que tu diffères...

TUZANI.

Çà, laisse-nous passer, Libye, et point d'affaires.

LIBYA, apercevant le Comte.

Qu'est-ce? tu n'es pas seul;... le comte Alvar ici?
Oh! je comprends... Allons! cela vaut mieux ainsi.
Almanzor pourra voir tout ce qu'il dût attendre
De ces pâles beautés, sirènes à l'œil tendre,

Livrant aux ennemis les clés de la maison,
Digne sang des Cavas, prompt à la trahison (1)...

A ces mots, le Comte dégaîne et met son poignard sur la gorge de Libya

DON ALVAR.

Si vous n'avez bientôt fait taire cette femme.....

TUZANI.

N'aviez-vous pas juré de laisser votre lame
Au fourreau?...

Le Comte, avec dépit, jette à terre le poignard et se détourne de quelques
pas.

TUZANI.

Toi, Libye, apaise ton émoi.
Il n'est de trahison ni de lui ni de moi ;
Nous poursuivons ici des desseins légitimes
En venant à l'Emyr arracher ses victimes.
Plutôt que nous gêner, aide-nous. — Ne crains rien,
La fuite est assurée. — Avance, — et songe bien
Que la première alarme à ta bouche échappée
Fera luire à ce bras l'éclair de cette épée!

(1) Voir la note 6.

LIBYA.

Pourquoi le désarmer?... C'eût été plus tôt fait!

Mais viens. Tu n'as point tort et peut-être, en effet,

Dieu voulut cette nuit nous mettre tous en face!

Tous les trois entrent dans la tour dont ils poussent la porte. Obscurité complète.

SCÈNE VI

Entre ALMANZOR. Il avance en tâtonnant.

ALMANZOR.

Le signal a paru..... Personne?... L'heure passe.

Ah! sous le doute affreux qui me vient assaillir,

Plus faible, à chaque pas je me sens défaillir!...

Tourment, cruelle angoisse, insupportable attente!

Toute mon âme est là, sur ce seuil, hésitante,

Qui par un coup du sort, favorable ou cruel,

Va lui rouvrir l'enfer, — ou la porte du ciel!...

Méryem, Méryem, qu'un Dieu clément t'éclaire!

Qu'un rayon de pitié traverse ta colère!

Si d'un tendre retour tu gardas le pouvoir,

Ne suffirait-il pas, cruelle, à l'émouvoir,

Du doux ressouvenir de notre ardeur passée?

Toute trace en ton cœur en est-elle effacée,

Et l'amour se va-t-il refuser aujourd'hui

A remettre une faute où la part n'est qu'à lui?...

Il arrive au perron et touche la porte.

J'aperçois un éclair. — Libye est là, derrière,...

La porte cède...

Il entre dans la tour.

Rien!... Pourtant cette lumière...

Il redescend précipitamment les marches du perron.

Des empreintes de pas sur le sable..., un poignard!

Quelqu'un a passé là; — je suis venu trop tard!

Oh! cette arme, du moins, va me servir d'indice...

Il ramasse le poignard.

Que la foudre en éclats ici m'anéantisse

Si ce n'est là l'objet fatal, ensorcelé,

Ministre d'un destin dont me fut révélé.....

Mais, j'y songe, cette arme, où l'avais-je perdue?

Sous la tente!... Je frappe..... à mes pieds, qui l'a vue?

Qui la ramasse?... Lui, c'est lui, c'est mon rival!...

O de la destinée enchaînement fatal,

O sort, prédiction funeste, horrible doute!...

Serait-ce lui, le Comte?... En travers de ma route

Le retrouvé-je encor? Pourquoi, pour quel dessein?

9

Le jour est donc venu qui me fait assassin!
Tu n'auras pas menti, exécrable sorcière,
Et je vais...

Comme il va pénétrer dans la tour, des cris se font entendre.

MÉRYEM, de l'intérieur.

Ah!...

ALMANZOR.

Grand Dieu! j'entends sa voix.

MÉRYEM, même jeu.

Arrière,
Arrière, suborneur!...

ALMANZOR.

Ils viennent.

Le poignard à la main, il va se blottir contre le perron. Le bruit se rapproche. — La lampe est renversée. Méryem descend rapidement les marches et se précipite vers le mur, dont elle cherche à tâtons la porte.

MÉRYEM.

Au secours!

ALMANZOR.

Ciel!

MÉRYEM.

A l'aide, Almanzor!

ALMANZOR, la cherchant dans l'obscurité.

Sois tranquille, j'y cours.
À moi, chien de chrétien, à moi voleur de femme!

Pendant ce temps don Alvar est sorti de la tour à la poursuite de Méryem. Reconnaissant la voix de l'Emyr, il tire son épée.

MÉRYEM, s'acharnant après la porte.

C'est lui. — Mon Dieu, prends garde!... A l'aide, à l'aide!...

ALMANZOR.
Infâme,

Lâche, où te caches-tu?

DON ALVAR.

Par ici, mécréants...;
Bourreau de femme, viens!

MÉRYEM, affolée.

Nul ne répond céans!...
Ah! malheureuse, — ils vont s'égorger!...

Almanzor a fini par rejoindre don Alvar qu'il attaque avec le poignard. Se dirigeant au cliquetis du fer, Méryem va tomber entre les deux combattants.

ALMANZOR, croyant porter un coup à don Alvar.

Tiens, perfide!

MÉRYEM, frappée.

Ah!...

ALMANZOR.

Ce cri..... de quel sang ma main est-elle humide?...
Méryem, Méryem!...

Éperdu, il promène ses mains sur le corps sanglant de Méryem. Celle-ci
se soulève et l'entoure de ses bras.

MÉRYEM, d'une voix faible.

Oui, cher époux, c'est moi,
Ta Méryem!... Je sais, le coup n'est pas de toi, —
Va, ne t'afflige point, — de toi, ni de personne!
C'est le poignard!... Adieu, — je t'aime et te pardonne!...

Elle meurt. Almanzor se jette sur son corps.

SCÈNE VII

La porte du mur s'ouvre. Entre BEN-SAÏD, l'épée à la main; des
soldats le suivent, avec des torches. — Le COMTE ALVAR est
resté immobile, adossé au perron. Dans le fond, près des créneaux,
ALMANZOR anéanti, prosterné sur le cadavre.

BEN-SAÏD.

Suivez le mur. Entrez, vous!

UN SOLDAT.

N'allons pas si loin;

Montrant le Comte.

Vois, maître!

BEN-SAÏD.

C'est donc vous, Comte... l'épée au poing!
Répondez.

DON ALVAR.

A quoi bon?

BEN-SAÏD.

Traître!... qu'on le saisisse!
Plus de doute.....

Les soldats entourent le Comte. On voit courir des lueurs aux fenêtres supérieures de la tour. Tumulte général. — Tuzani descend précipitamment le perron.

TUZANI.

Arrêtez!... car je suis son complice,
C'est moi qui l'amenai.....

Apercevant le groupe d'Almanzor et de Méryem.

Que vois-je?... trahison!
Qu'ai-je fait, malheureux?... Ah! vous avez raison,
Et voilà l'assassin, — c'est lui, lui seul!...

9.

ALMANZOR, se relevant.

Silence!

Qui donc commande ici?... Le soin de la vengeance
Appartient à moi seul :

Désignant don Alvar.

Cet homme est innocent,

Qu'il parte! — Savez-vous qui répandit ce sang?
Le poignard, le voilà!... La main, la main sauvage,
La voilà!

TUZANI.

Que dit-il?

ALMANZOR.

Et voilà leur ouvrage!...

Il découvre le corps de Méryem adossé aux créneaux.

TOUS.

Horreur!

ALMANZOR.

Je vous entends. N'approchez pas; sans vous
Je saurai satisfaire à vos justes courroux.
L'angélique victime au séjour de lumière
S'indignerait de voir, un trop long temps, se taire
La foudre dans les cieux, et le soleil levant

Retrouver sur la terre un tel monstre vivant.

Chère ombre, apaise-toi. Mer, ouvre ton abîme !

Il se jette du haut des créneaux dans la mer.

BEN-SAÏD, courant au balcon.

Dans les eaux du pardon Dieu lavera son crime.

FIN DU CINQUIÈME ET DERNIER ACTE

NOTES

NOTE 1. — ACTE I, SCÈNE I, PAGE 7.

> Volved los ojos, Rodrigo.
> Volvedlos á vuestra España...
>
> (ROMANCERO.)

Tournez les yeux, ô roi Rodrigue,
Sur votre Espagne qui se meurt :
Pour qui donc de son sang prodigue,
Avez-vous versé le meilleur?
Un instant d'amoureuse ardeur,
Un vain caprice qu'on oublie,
Vous prendra la gloire et la vie
Et tout le bien de vos aïeux :
Sur notre Espagne tant chérie,
Roi Rodrigue, tournez les yeux !

NOTE 2. — ACTE I, SCÈNE II, PAGE 9.

Du grand nom d'Almanzor un digne releveur...

Allusion au dernier des héros du khalifat de Cordoue,

Almanzor (le Victorieux), blessé mortellement à la bataille
de Calatañozor en 1002.

NOTE 3. — ACTE II, SCÈNE I, PAGE 34.

Fronteros... milices instituées pour surveiller la fron-
tière musulmane.

NOTE 4. — ACTE IV, SCÈNE V, PAGE 106.

Au prix de tant de maux et d'affronts que j'oublie...

HERODES.

¿ Despues de darme la vida,
Que yo tan á costa compro
De los agravios que callo,
De las desdichas que lloro,
Torciendo las blancas manos,

. . . .

. . . .

Hasta el palacio has llegado,
Y en él á lo mas remoto
De sus cuartos? . . . .

(CALDERON, *El Tetrarca de Jerusalen,*
jornada III.)

NOTE 5. — ACTE IV, SCÈNE V, PAGE 108.

MARIENE.

Bien pensarás, ó cobarde
Amante, ó tirano esposo,
Aleve, cruel, sangriento,
Bárbaro, atrevido, y loco...

(CALDERON, *El Tetrarca de Jerusalen,*
jornada III.)

NOTE 6. — ACTE V, SCÈNE V, PAGE 131.

Digne sang des Cavas, prompt à la trahison...

La *Cava*, c'est ainsi que les romances désignent Flo-rinde, fille de ce comte Julien par qui l'Espagne fut livrée aux Mores. Ce surnom équivaut, en arabe, à celui d'une femme de mauvaise vie.

> En Ceupta esta Julian,
> En Ceupta la bien nombrada...
>
> (ROMANCERO.)

TABLE

———

FIN DE LA TABLE.

———

PARIS. — IMPRIMERIE DE E. MARTINET, RUE MIGNON, 2.

www.ingramcontent.com/pod-product-compliance
Lightning Source LLC
Chambersburg PA
CBHW051135260626
47170CB00005B/1818